アイアム・コ
~おバカなクラスメイトたちと過ごす異世界
JN018653
I am
GOBLI
赤月カケヤ
Illust. chiri

天音未来
乳ヶ崎茅果
「じゃあ、ダイブして、軽くエヴァミリオンの世界を冒険してみようか。今日中にチュートリアルまでは終わらせておきたい」

山田多恵
小日向杏寿
桃井萌奈

「神輿屋さん、起きてください」
「ひぃぃん！　み、見らんといて〜！」

「おっ、お助けぇぇぇぇぇ！」
「ひゃははは！鬼ごっこ楽しいな！」
「……あんたって、意外に強いんだね？」

デフリ

「デフリ様！　話が違います！」

オークが訴えるように叫ぶ。
その刹那、魔物の群れがふたつに割れた。
その先には、四体の巨人が紐を引く
豪奢な馬車に乗った魔物の姿があった。

ロリィ

「よろしくお願いします。私は、ロリィと言います」

この女神、ロリみたいだから、
ロリィって名前じゃないだろうな？

contents

I am GOBLIN

アイアム・ゴブリン

～おバカなクラスメイトたちと過ごす異世界スローライフ～

赤月カケヤ

講談社ラノベ文庫

口絵・本文イラスト／chiri
デザイン／タドコロユイ＋小久江厚（ムシカゴグラフィクス）

プロローグ

俺はゲーム部のみんなと一緒に、異世界に飛ばされた。

しかも、魔物の姿でだ。

この世界での魔物は、交渉の余地なく人間の敵で、「僕は悪いスライムじゃないよ」という概念すら存在せず、問答無用で襲いかかってくる。

そのうえ俺はゴブリンになっているらしく、「性欲魔人」とか「卑怯者（ひきょうもの）」とか、何もやっていないのに迫害を受ける始末だ。

ほんと、もう泣きそう。

結局、どこの世界でも、見た目って大事だよね？

けれども、悪いことばかりじゃない。

大変だし、苦労も多いが、実はちょっとだけ楽しんでいる。

異世界に飛ばされたのは、俺だけでなく、同じゲーム部の女子たちも一緒だったからだ。

しかも、全員が美少女だ。

恥ずかしくて絶対に口には出せないけど、見てて飽きないほどには、みんな美人だし、可愛（かわい）らしいところがある。

でも、勘違いしないでくれ。

別にハーレムってわけじゃない。

コアゲーマーの俺は、ハーレムなんて軟派なシチュエーションは好きじゃない。

どちらかと言えば合宿生活だろうか。

クラスメイトの美少女たちと、仲良くキャンプをするみたいなイメージだ。

当然、異世界には文明の利器はないし、生態系も違うので、現代の知識でチートってわけにはいかない。

その意味ではサバイバルに近いけれども、こっちも肉体が魔物になっているため、それほど危険ってわけでもない。

魔王軍に所属していないため、この世界の魔物に襲われるけど、雑魚(ざこ)ばかりなので、ストレスが溜(た)まるというよりは、ハンティングでストレス発散できる感じだ。

少しずつ知識を蓄えていって、世界を広げていって、正解を見つけ出していく。

その意味では、育成ゲームに近い。

最近のマイブームは、コロコロの苗を育てることだ。

元の世界でいうジャガイモみたいな外見の食用植物だが、ジャガイモと違って育てるのが難しい。

だから何回かの失敗のあと、畑から芽が出たのを見て、俺は恥も外聞もなく「よっしゃぁああ！」と叫んでいた。

そのまま、この世界で手に入れた木造の一軒家に戻る。キャンプ場にある大きなコテージのような外観だ。

ネットもゲームもできないけど、この家での穏やかなスローライフがお気に入りだった。

「みんな！　ついに芽が出たぞ！」

俺は喜びを分かち合うべくゲーム部のメンバーたちを捜したが、家の中にはいなかった。

おそらくは裏庭の温泉にいるのだろう。

畑を作ろうとして発見した天然温泉。朝夕に温泉でゆったりするのが、最近のみんなのブームだ。

温泉の囲いの近くに行くと、中から女子たちの高い声が聞こえてきた。

やっぱり、この中か。

俺はドアを開けると、中へ飛び込んでから言った。

「ついにコロコロの芽が出たぞ！　風呂なんか入ってないで、見に来いよ！」

俺の登場に、女子たちはぽかんとした表情を見せた。

そして次に悲鳴。

「きゃあああああっ！」

嬉しさのあまり、ついやっちまった。

あ、しまった。

「な、なに覗いてんのよ！　変態！」

一番近くにいた、サイドテールの少女が体を隠すようにしゃがみ込んだ。名前は桃井萌奈。元の世界では陽キャ系のギャルで、モデルにスカウトされた経験もある美人だ。ギャル系の女子が好きな奴には堪らないだろう。

この世界では、ブラックマジシャンの種族となっている。

「し、師匠！　受胎の魔眼を閉じてください！　裸の状態で見られたら妊娠してしまいます！」

幼女体型の少女がざぶんとお湯の中に体を隠した。彼女は山田多恵。中二病だが静かにしていると可愛い。犬みたいに懐いてきて、ロリっ子好きには堪らないはずだ。

この世界での種族はスライム。ちなみに俺に、見ただけで女を妊娠させる能力はない。

「に、妊娠⁉　だめ！　見らんといて！」

ボブカットの少女が、何故か自分の体ではなく両目を隠した。豊満な我がままボディが見放題になっている。彼女の名は、小日向杏寿。地味な雰囲気はあるが、実はドキッとするような美少女だ。

『大人しいけど脱ぐと凄いんですよ』系が好きな男子には、堪らない存在だろう。しかも種族はサキュバスで、エロさが倍増している。

「わぁ。神輿屋さんも一緒に入る気になってくれたんですか？　みんな一緒のほうが楽しいですよね？」

何故か嬉しそうに言う、天然少女の名前は、乳ヶ崎茅果。種族はエルフで、もともと人形のように整った顔立ちとボンキュッボンのエロエロボディの持ち主だったので、エルフとなった今、チート級の美少女になってしまった。

清純派巨乳系美少女という、誰もが一度はオカズにしてそうな王道の美少女。それが乳ヶ崎だ。

「とりあえず、妊娠するといけないから、ぶっ殺しとくね」

最後に、俺に向かって桶を投げつけてきた少女が、天音未来。元気系距離感近い型の美少女で、すらりと伸びた脚が魅力的だ。

最強のレア種族ボーパルバニーであり、元彼女にしたい女子ナンバーツーの美少女だ。

ちなみにナンバーワンは乳ヶ崎だったりする。

ボーパルバニーの攻撃力は半端なく、天音が投げた桶を顔面に喰らった俺は、スマブラのキャラのごとく吹っ飛ばされた。

俺は吹っ飛ばされながらも、先ほど見た肌色の風景を思い出していた。

全員美少女なのだが、ある理由から、女としてはあまり認識していなかった。それ故に、温泉に突入してしまったのだが……。

ごめんよ、みんな。

立派なレディのボディをお持ちだったんだね。

ちなみに「ある理由」とは、全員が「残念なおバカ」ってこと。

俺はみんなのおバカを治すために、ゲーム部の部長となり、異世界へ飛ばされてしまったのだ。

その経緯を話すためにも、少しだけ時を戻そう。

◆女教師の甘い誘惑

放課後の空き教室。

遠くからは、部活動に励む生徒たちの声が聞こえてくる。

俺の目の前には、どこか気恥ずかしそうにしている美園結衣先生の姿があった。

くりっとした癖っ毛の栗色のセミロングに、くりんとした大きな目。鼻の上には、小さめの眼鏡がのっている。

透明度の高いブラウスには、黒い下着の形がくっきりと浮かび上がっていて、大して大きくもない胸を強調していた。

一応、年頃の高校生としては目のやり場に困るので、やんわりと注意したことはあったが、「ふふふ、わかってないわね」と答えが返ってきたので、わざとなのだろう。

「それで、俺になんの用ですか？」

「う～んと、ね。ちょっと言いにくいんだけど……」

美園先生はまるで告白するかのように、はにかんだあと、

「神輿屋誉くん、ゲーム部の部長をやってくれないかな？」

「お断りします」

俺は即答した。

「え？　え？　なんで⁉」

予想外だったのか、美園先生は物凄く動揺した表情を浮かべる。

「いや、普通に面倒臭いって、誉くん。私が従姉だからって態度が緩すぎるんじゃないの？　普通、教師のお願いを断ったりする⁉」

「面倒臭そうですし」

そう、俺と美園先生は、母方の従姉の関係だったりする。

俺は彼女を「美園先生」と呼び、敬語で話すことにしていた。「公私混同は駄目よ」と言われたので。

「ふぇ〜ん。酷いよ、誉くん。小さい頃は一緒にお風呂に入った仲じゃない。私を助けると思って、快く了解して、理由も聞かずに励んでよぉ〜！」

っていうか、この人思いっきり公私混同しているよな。普通は生徒相手にそんな頼み方はしないでしょ。

「普通に嫌です。そもそも、なんで俺にそんな話を？」

「え？　了解してくれるの？」

「いえ、事情を聞いているだけです。了解はしてませんよ」

「ふっふっふ。話を聞いたら、もはや引き返せないわよ～。それは同意したも同然！」

「だったら、いいです」

「ふぇえええええええええん！」

そんなやり取りを二度ほど繰り返し、俺はようやく事情を聞くことができた。

「ほら、うちの学校に乳ヶ崎茅果(ちがさきちか)さんっているでしょ？　知ってる？」

「ええ、一応は……」

知っているも何も、うちの学校で一番の有名人だ。

乳ヶ崎財閥という、日本を裏で操っているという黒い噂(うわさ)のある大財閥。その財閥の一員であり、つまりは正真正銘のお嬢様。そして学園一の美少女でもある。

知らない、と言う奴(やつ)はマジでいないだろう。

「彼女が何か？」

「彼女ってさ～、ぶっちゃけ、おバカじゃない？」

「…………」

うわぁ～。言っちゃったよ、この人。肯定しづらっ！

でも、直接話したことのない俺ですら、その手の噂を聞いたことがあった。

「バカっていうか、ちょっと常識がズレてるだけって聞いてますけど？」

「そうなのよ～。彼女、勉強はできるのに、常識を知らないっていうか、ぶっちゃけバカよね？」

二回も言いやがったな、こいつ。仮にも教師だろ。

「で、理事長もそれを心配していて、『支援するから彼女のバカを治してほしい』って教師たちに依頼が来たのよ」

ちなみに、乳ヶ崎茅果は理事長の孫娘だったりもする。しかし、本当にそんなことを言ったの？　正しくは「常識の無さを治してほしい」じゃないの？

「理由はわかりましたけど、俺が部長になる意味がわかりません。バカを治したいのなら、優秀な家庭教師でも雇ったらどうです？」

「だから、そこが問題なのよ。すでに優秀な家庭教師はついていて、実際に勉強もできるでしょ？　でもバカは治っていない。典型的な『勉強はできるけどバカ』タイプなのよ。彼女の場合、それじゃ困るから……」

美園先生が少し悲しそうに言う。

まあ、そこについては、ちょっとだけ同情してしまうかな。

乳ヶ崎財閥の令嬢ってことは、いずれは関連企業の幹部だ。常識がないのは致命的だろう。

「そこで私が『はいは～い！　我が校には世界一のゲーマーがいますよ！』って猛烈アピール

したの」

「ちょっと待ってください！ ……まさか俺の過去を話したんですか？」

いろいろとツッコミどころはあるが、動揺した俺は、まずはそこに食いついた。

「ふぇ？ 何か問題あるの？」

俺は返答に窮した。

あるよ。問題あるよ。ありまくりだよ！

俺が体感型ＭＭＯゲーム「エヴァミリオン」の世界大会で優勝したのは三年前のことだ。寝る間を惜しんで練習し、俺の人生はそこにしかないとばかりに打ち込んだ。

若干自分に酔っていた俺は、天然の痛キャラになっており、痛い発言を消えることのないネットの海に垂れ流し続けた。

黒歴史。

まさに、その一言が、すべてを言い表していた。そう、俺にとってあのときの記憶は、消し去りたい黒歴史なのだ。

「どうしたの誉くん？ 頭なんか抱え込んで」

「……いえ、なんでもないです」

「そう？ でさ、ゲームの経験者ってことは言っちゃ駄目なの？ なんだっけ、あれ？ キミがエロスポーツで優勝したやつ」

「……eスポーツです！」

エロスポーツってなんだよ⁉　どんな競技だよ⁉　そんなので優勝したとか言いふらされたら、恥ずかしくて学校とか辞めちゃうからな！

まあ、あの痛い世界大会優勝者だとバレても、羞恥死する自信あるけど。

「あははは。そうだった、そうだった」

「まぁ、エヴァミリオン経験者ってことくらいなら言ってもオッケーです。ただし、世界大会優勝ってのは、これ以上拡散しないでください。その場にいた人たちにも口止めしといてくださいね」

「オッケー、いいわよ」

一抹の不安は残るが、とりあえずは大丈夫だろう。うちの教師のネットリテラシーだと、俺の過去まではたどり着けないはずだ。生徒にバレたら、特定される恐れがあるけど。

「それで？　ゲームのことと乳ヶ崎にどんな関係が？」

「だから、『彼女のおバカを治すのにゲームはどうですか？』って私から提案してみたのよ。『最近のゲームはシステムを理解したうえで臨機応変な判断力が必要ですし、仲間との連携プレイも必須。刻一刻と変わる状況の中で相手プレイヤーの思惑を読んで、高度なリーダーシップ能力が必要とされる知的なモノなんですよ〜』って」

……なるほど、腐っても教師か。ぜんぜんゲームのことなんて知らないくせに、説得力のあるプレゼンをする。

「それだったら、普通のスポーツだって同じじゃないですか？　別にゲームじゃなくても……」

「ふっふっふ。そう思うでしょ思うでしょ？　エロゴリラも同じことを言っていたわ」

ちなみにエロゴリラとは、サッカー部の顧問をしている体育教師で、顔がゴリラなのと、「絶対にスケベなことを考えているに違いない」とみなを納得させるような笑顔をすることから、そんな渾名がついた。

だけど話してみると、エロいことも下ネタも一切言わない、セクハラとは無縁な教師だったりする。つまり、見た目で損している。

「あのエロゴリラは当然のごとく、サッカーをアピールしてきたわ。まあ、うちのサッカー部はそれなりに実績あるしね。だけど、私は言ってやったの。『スポーツすると筋肉がつきますし、怪我とかで顔に傷ができる危険もありますよ』ってね。これでスポーツ系のライバルは全部蹴落としてやったわ」

うわ～、嫌な言い方するなぁ。理事長がどんな人なのかはよく知らないけど、まぁ確かにそれなら、ゲームに傾くかなぁ。

「そんなわけで誉くんには、茅果さんのおバカを治療するため、ゲーム部の部長になってもらいます！」

「お断りします」

「ふぇぇぇぇん！　だから断っちゃ駄目だって！　もう前金も使っちゃったし、理事長直々に依頼された以上、後戻りできないの！」

……やっぱりか。美園先生の性格から言って、生徒のためにそこまで頑張るタイプじゃないしな。何か得すること（プロフィット）がないと動かないよなぁ。

「で？　何に使ったんですか？　使ったとしても返済すればいいでしょ？」

すると美園先生は、気まずそうに両手の人差し指をつんつんと合わせながら、

「車……かな」

マジか⁉　車だって⁉

そりゃ、美園先生も飛びつくわな。さすがは乳ヶ崎財閥。前金でそのレベルだと全額でいくらになるんだ？

「それはともかく、誉くん。よく聞いてほしいの。キミに拒否権はないの！」

「は？　なぜですか？」

「理事長は私と校長先生にこう言ったわ。『物事は中途半端にやれば不満が出るし、無責任にやれば諦める。しかし、真剣にやれば必ず結果が出る。私の信頼を裏切らないでくれたまえ』と。それを聞いて私は思ったの。……あ、これヤバいやつだ」

うん、そうだね。ヤバいやつだね。俺もそう思うよ。もう少し早く気づくとよかったね。

「そんな私の態度を見透かしたみたいに、続けて理事長はこう言ったわ。『もしも私の信頼を裏切ったらどうなるのか分かるかね？』って」

うおおっ、マジで怖いな理事長。リアルにそんなこと言う人いるんだ⁉

「それで、私『分かります』って答えたんだけど、『それの百倍最悪なケースを想定したまえ』って、言われて……」

美園先生の表情は青ざめていて、その虚ろな目はどこか遠くを見ていた。

これはアレだな。命に関わるレベルだな。

美園先生には悪いけど。部長は断って正解だった。

「だから私、言ってやったの。『はい、大丈夫です。部長の神輿屋誉くんもやる気いっぱいで任せてくれと言っています！』――と」

「言ってねぇ！　なに嘘ついてんの⁉」

思わず地で返してしまった。

「え？　だって、キミを巻き込まないと私の命が危ういし、キミが逃げないように手を打っておくのは当然でしょ？」

こ、この～。いけしゃあしゃあと。マジで小突いてやりてぇ。

「今から理事長室に行って、全部デタラメだって言ってやります」

「それは止めたほうがいいよ。理事長が『はい、そうですか』って言うわけないじゃん。

生きたまま鰻の餌になるのがオチだよ〜」

鰻の餌かぁ。それは嫌だなぁ〜。溺れる苦しみと食われる痛みが同時に襲ってくると
か、最悪じゃねえか。それ以前に、鰻って、まんまヤ〇ザじゃねえか。

「大丈夫！　誉くんならできるわ！」

「いい加減なこと言わないでください！　ゲームでバカが治るわけないじゃないですか⁉」

「うん、ぶっちゃけ私もそう思ってたけど」

思ってたんかい。

「誉くん、言ってたじゃない⁉『ゲームは人を進化させる。つまり進化の頂点に立つ俺
は神だ』って」

「うおおいっ！　って、なんで知ってんの⁉」

つーか、俺の痛い発言を知られてる時点で、マジで死ねるんですけど⁉

「ということで、もう覚悟を決めなさい。私はすでに出来てるわ！」

「人を巻き込んだ奴の科白じゃねえだろ！」

そのときだ。コンコン、と教室のドアをノックする音が聞こえてきた。

「あ、来たみたいね。はいは〜い、開いてるわよ〜」

え？　来たみたい？　まさか——。

俺は顔が強張るのを自覚しながらドアを凝視した。

「失礼します」

鈴が鳴るような声が聞こえてきて、ドアが横にスライドする。

そして、リアルお嬢様こと、乳ヶ崎茅果がその姿を現したのだった——。

◆野生の美少女が現れた⁉

初めて彼女と廊下ですれ違ったとき、心臓がリアルに停止したのを覚えている。

凛とした立ち姿に、光の加減で金色にも見える亜麻色のロングヘアー。小柄で、まるで精巧な人形が動いているかのような完璧な容姿。

そして、その完璧なバランスをあえて崩すかのごとく制服を押し上げている、大きな胸のふくらみ。

可愛いと美しいを、足して二で割ったような可憐な存在。彼女に見惚れない男がいるとしたら、男として大事な何かを失っている証拠だろう。

「あれ？　神輿屋さん、もう来ていたんですか？」

乳ヶ崎が無防備に近づいてくる。美少女だけが発するという、特有の甘くていい匂いが、俺の理性を揺さぶってきた。

「あれ？　な、なんで俺の名前を知ってるの⁉」

俺は思いっきり動揺しながら、疑問を口にする。

俺と乳ヶ崎にはなんの接点もない。どうして俺の名前を知っているのだろう？

もしかして、向こうも俺に興味があったとか？　ドキドキ。

「え？　名前ですか？　美園先生に聞いていたからです」

ですよね〜。そうですよねぇ〜。

「私にエロスポーツを教えて、立派な大人のレディにしてくださるそうで。よろしくお願いします！」

「へ？」

なにそれ？　知らない人が聞いたら、明らかに違う意味に取られちゃうよ。

「いや、違うけど……」

「え？　違うんですか？　私にエロスポーツを指導してくれないんですか？」

「わざと言ってないか？　エロじゃなくて、eスポーツ。俺が教えるのはそっち」

「エロい〜・スポーツ？　ですか？」

「さらに酷くなってる⁉　ゲームだよ、ゲーム！　ゲームを教えるの！」

「ああ、スポーツではなくて、エロいゲームを指導してくれるんですね？」

乳ヶ崎は、パチンと手を叩いて言った。豊満な胸がぷるるんと揺れる。

駄目だ、この子。

天然で言っているところが、マジでやばい。

俺はとりあえず、eスポーツなるものを説明してあげた。

「なるほど、デジタルゲームをする部活なんですね？　私はこれまで、ゲームとかやったことがないので楽しみです！」

どうやら乳ヶ崎には、彼女のおバカを治すという部分は巧妙に隠して、社会勉強の一環という位置づけで伝えているらしい。

さすがの美園先生も、面と向かって「おバカを治すため」とは言えなかったようだ。

「では、神輿屋部長。よろしくお願いします」

乳ヶ崎がペコリと頭を下げる。

なんだろ？　女の子が自分に対して頭を下げるのって、なんか本能の奥底をくすぐられるような快感があるな。しかも、こんな上品な美少女からだと、男としての格が上がったような錯覚を覚えてしまう。

俺はつい、「あ、うん」と答えてしまった。

仕方ないだろう。完全無欠の美少女令嬢、乳ヶ崎茅果を前にして断ることができるのなら、そいつは男として大事な何かを失っているに違いない。

それに、学年一の美少女である乳ヶ崎に、ゲームを指導しながら学園生活を送るのも悪くない。

すでに予想の段階で、それってめちゃくちゃ楽しいよな？　って予感しかしなかった。

「たっだいま～。あ、間違えちった」

そんなときだ。いきなりドアが開いて、妙に明るい声が割って入ってきた。

いや、先生を「お母さん」と呼び間違えるネタは聞いたことがあるが、教室に入るときに、「ただいま」と実際に言ったのは、この子が初めてじゃなかろうか？

どんなバカだよ？　と思った。現れた人物を見て、納得してしまった。

長いツインテールの髪型に、天真爛漫で元気いっぱいの笑顔。短いスカートからはすらっとした白い脚が伸びている。

俺と同じクラスの女生徒であり、男子の間だけで秘密裏に実施されたアンケート調査「彼女にしたい一年の女子」で、乳ヶ崎に次いで二位を獲得した超絶美少女のひとり――天音未来だった。

ちなみに彼女は、翌月の追加リサーチで、「いや、さすがにバカすぎて彼女は無理」と二百位まで順位を落とすほどのおバカでもあった。

故に、ついた渾名が「キング」。「キングオブおバカ」の略だ。

「あーっ！　キミはあれだ！　なんというか、お久しぶりだね！」

俺の姿を見るや、天音が駆け寄ってきた。俺の手を握ると、ぶんぶんと上下に振って激しい握手をしてくる。

おそらく「あれだ」の部分は、「名前忘れたけど、同じクラスのあの人だよね？」という意味だろうし、「お久しぶり」って言ってきたけど、ほんの数分前までは一緒に授業を受けていたから、別にぜんぜん久しぶりってわけでもない。

だけど俺は、顔が紅潮するのを自覚しながら「あ、……うん」と答えることしかできなかった。

そりゃ、いくらキングとはいえ、見た目は美少女なのだ。手もやわらかいし、乳ヶ崎と一緒で、やっぱりいい匂いがする。

そんな天音にいきなり手を握ってこられたら、動揺するに決まっている。

天音のズルいところは、そこだ。男子との距離感が近い。「あ〜、喉が渇いた」と言って、俺の飲みかけのドリンクを飲んだり、チーム戦で活躍したら、躊躇(ためら)うことなくハグしてきたり、たまにパンツが見えたり、と。

とにかくまぁ、そんな子だ。

「あ、そういえば、天音さんと誉くんは同じクラスだったよね」

美園先生がパンと手を合わせて言った。

「あ、そうだった。誉くんだ！　誉テツヤくんだね！」

「いや、誉は名前だよ。俺の名前は神輿屋誉」

誰だよ、テツヤって。でもまあ、今ので動揺が解けた。

「ああ、そうだった。ごめんごめん！　知ってたのに忘れていた！」

言いながら、天音が俺の腕をパンパンと叩く。本当、距離が近いな、こいつ。

「ええ〜と、み……、あれ？　み……、もうテツヤくんでいいよね⁉」

「いや、よくねえよ！　それ別人だから！」

さすがはキング。直前に聞いた人の名前も覚えることができないのか。

コンコン。

控えめな感じで、入り口のドアが叩かれた。

次に先ほどのノックとは違い、乱雑にドアが開かれる。

現れたのは、ギャルっぽい感じの女子生徒。やや癖っ毛の髪を高い位置でサイドテールにしている。ばっちり化粧をした顔に、モデルのように整った顔と体型。

スマホには、本体よりも重量がありそうなほど、たくさんのアクセサリーがついていて、そのスマホを弄りながら、美園先生に話しかけてくる。

「ちーす、美園っち。で、あたしになんか用？」

ギャルっぽいというより、まんまギャルだな、こいつ。

可愛いけど。

「あ、桃井さん。来てくれてありがとう。実はね……」

美園先生が、このメンバーでゲーム部に入ってもらうことを簡潔に説明する。ちなみに

　彼女の名前は、桃井萌奈（もえな）というらしい。

「は？　なんで、あたしがゲームなんてしないといけないわけ？　意味わかんないんだけど？」

　桃井が眉をひそめた。ある意味、当然の反応だろう。

「なんでって……。ほら、桃井さん。前期のテスト、一年生で最下位だったでしょ？　赤点だったし、このままだと留年だよ？」

　美園先生はにこやかな笑顔で言うが、その笑顔には無言の圧力があった。

　つまりは「成績最下位のバカなんだから、つべこべ言わず言うこと聞けや」ということらしい。

「なっ⁉　それとこれとなんの関係があるわけ？」

　桃井が顔を真っ赤にして反論する。どうやら、恥ずかしいとは思っているみたいだ。赤くなった表情は、どこか子供っぽくて、意外に純情なのかと思ってしまった。

「ゲームは頭に良（い）いのよ。部活動を通して賢くなるの」

「ああ、それでキングもいるわけ？」

　桃井は嫌そうな顔で天音を見た。どうやら、キングという渾名は知っているらしい。

　しかし、当の天音とその隣の乳ヶ崎は、頭の上にハテナマークを浮かべていた。「キング」のことを知らないからだろう。

と、そこで俺はある事実に気づく。

「ちょっと待て。学年最下位って、つまり……天音よりも点数が下なのか？」

「……え？」

桃井の顔がショックのあまり劇画調になった。っていうか、いま気づいたな、こいつ。

「ちなみに、ボイコットとかじゃなく、ガチの点数で最下位よ」

美園先生が、補足という名の止めを刺す。

「ええっ⁉　マジか？　ぷぷぷぷ。キングよりも成績悪いってどういうこと？　どんだけバカなんだ？　よく入学できたな」

驚愕の事実に、俺は吹き出してしまった。

「ななななな……⁉　う、うっさいわね！　なにあんた⁉　性格悪っ！」

「ほえ？　よくわからないけど、私は下から二番目だったよ。ピンクは一番さんなんだ？　凄いね！」

天音が目を輝かせて、自覚のない皮肉を言った。

「は？　あんた喧嘩売ってんの？」

「違いますよ、桃井さん。下からだろうが上からだろうが、どっちも同じ一番です！　そこに優劣はありません」

乳ヶ崎が素直な気持ちで、フォローという名のナイフを突き立ててくる。

「あるに決まってるでしょうがっ！」

桃井が半泣きの顔で叫んだ。意外にこいつ、打たれ弱いな。

「そういや、美園先生。もしかして、あとひとり部員が来たりします？」

乳ヶ崎、天音、桃井と三人のバカたちが集結した。

俺がやっていたｅスポーツのタイトルは「エヴァミリオン」といって、５対５で戦うマルチプレイヤーオンラインバトルアリーナ（MOVA）だ。

つまりプレイするには、最低五人のプレイヤーが必要となる。

「来るのはあとふたりよ。誉くんは試合に出ない方向で考えてるの」

まぁ、試合に勝つのが目的でなく、バカを治すためなら、俺はコーチに徹したほうがいいかもしれないな。

「よくわかんないけど、もしかして、ドアのところにいる子もメンバーってこと？」

桃井が親指でドアのあたりを示した。

ドアが、カタッと小さく音を立てる。

次に恐る恐るといった感じで、女の子が顔を覗（のぞ）かせてきた。

丸いボブカットで、前髪が両目を隠している。怯（おび）えたような雰囲気の少女は、ちょっと地味な感じはするが、よく見ると結構可愛かった。

「あーっ、小日向さんじゃない！　いつからそこにいたの？　そうよ、彼女もメンバーのひとりなの。小日向杏寿さんね」

美園先生が弾んだような声を出す。小日向と呼ばれた少女が、「し、失礼します」と小さく答えて、おずおずといった感じで部屋の中へと入ってきた。

「あの子、私が来たときからいたよ～。忍者ごっこしてるのかと思ってた」

いや、天音。いくらなんでも高校生にもなって、忍者ごっこはないだろ。

「私が来たときもいらっしゃいましたよ。かくれんぼしているのかと思ってました」

……乳ヶ崎、レベル的には天音と一緒なのか⁉

「ご、ごめんなさい。う、ウチ……、いつ入ったらええか、分からんで……」

小日向さんが申し訳なさそうに言う。見た目どおり、あんまり社交的な性格ではないようだ。

俺もコミュ力が高いわけじゃないので、なんとなく親近感を覚えた。地味な感じがいい。俺が変なことを言っても、馬鹿にしてこないような雰囲気がある。

「ドアのところにいたのなら、事情はだいたい聞こえてた？」

美園先生の質問に、小日向がこくりと頷いた。

「で、でも、……ウチ、ゲームとかやったことのうて……、部活に入るんは、その……」

顔を背けたまま、小日向が必死に言葉を紡ぐ。どうやら乗り気じゃないらしい。

「うん。わかったわ。じゃあ、この入部届に名前書いて」

「はい」

小日向は入部届を受け取ると、そこに自分の名前を書きはじめた。

え？　あれ？

入部は断る感じじゃなかったっけ？

「か、書きました」

「はい。じゃあ、そういうことで、小日向さんは今日からゲーム部の部員よ」

「え？　いや……、その……。部活は断りたいん、やけど……」

「は？　あんた何言ってんの？　入部届書いたじゃん」

桃井がツッコミを入れる。

小日向は、ヒッという感じで、肩を縮こまらせた。わかるぞ。桃井はちょっと怖いもんな。

「そ、それは……書いて、って言われたし……」

そこにいる全員が首を傾げた。言っている意味がわからない。

書いても何も、入部届に名前を書いてしまったら、それはオッケーしたことになる。どうしてその後に断ろうとするのか？

「これが、小日向さんが、このゲーム部に入る理由よ」

美園先生が、少し真面目な表情で言った。

「彼女は成績も普通だし、常識もあるのだけれど、『なんでそんなことするの？』ってことをしちゃう、残念系おバカなの」

ああ、いるよな。たまに「なんで？」ってことをしちゃう人が。

本人的にはいろいろ考えた結果だろうけど、周りから見たら「なに考えて、そんなことしたの？」って思われてて、理由を聞いても説得力がなくて、「こっちのほうがよくない？」って結論になって、「そうだね」で終わる感じの人が。

小日向もそのタイプらしい。

常識がない乳ヶ崎や、単なるおバカの天音、勉強ができない桃井とは違ったタイプのおバカ。おそらくは、他人に話しかけられて、軽くパニックになっているのだろう。

対人苦手な人あるあるだ。

◆あれ？　人数が足りないようだけど？

「そういや美園先生、最後のひとりはまだなんですか？」

美園先生の話だと、あとひとり来るらしいのだが、いまだに姿を現していない。乳ヶ崎が来てから、かれこれ二十分は過ぎている。

カタッ！

ふと、掃除用具入れから音がしたような気がした。

「確かに山田さん、遅いわね～。放送で呼び出してみようかしら」

美園先生も不安を覚えたようだ。最後のバカがどんなおバカかは知らないが、もしかして帰ったんじゃないだろうか？

と、そのときだ――。

「くっくっく、あーっはっは！」

どこからともなく、怪しい笑い声が聞こえてきた。

「え？　なに？　新手のオナラ⁉」

いや、オナラなわけねえだろ？　どんな耳と脳みそしてんだよ、キング。

「ち、違うわい⁉　オナラじゃなく、笑い声！　笑い声なんだからなっ！」

慌てたような声と共に、掃除用具入れの中から、小柄な少女が出てきた。

――と思いきや、足をもつれさせて、どてーん、と床に顔面ダイブをかました。

「…………」

静寂が訪れる。「うわ～、物凄く痛そう」という同情と、「明らかに残念なの来た～」という絶望が、俺から行動力を奪っていた。

そんななか、最初に動くことができたのは乳ヶ崎だった。

「大丈夫ですか？　うわぁ～、痛そうですねぇ」

まるで小さい子に話しかけるみたいに、腰を低くして声をかける。いや、それはある意味正しいのかもしれない。

掃除用具入れから現れたこの生徒、明らかに普通の高校生より、ふた回りも小さかった。つまりは乳ヶ崎よりも小柄なのだ。

小学生だと言われても、ぜんぜん違和感ないサイズ。上履きを見るに、同じ一年生のようだが……。

「だ、大丈夫……」

妙に幼い声で応え、小学生（？）がむくりと顔を上げた。

大丈夫だとは言ったが、額と鼻頭（はながしら）は赤くなっているし、目尻には涙まで溜（た）めていた。

リアルに痛々しい。

みんなからの同情するような視線に気づくと、彼女は勢いよく立ち上がり、後ろを向いて顔をごしごしする。たぶん、涙を拭いているのだろう。

そしてくるりと振り返ると、声高らかに宣言してきた。

「ふはははははっ！　我こそは真祖の吸血鬼にして偉大なる魔法使い、リリス・ブランドー・神威我（かむいが）！　恐れおののくがよい！」

………。

あー、そういえば、あとひとりもおバカだったな。

「ええっ⁉　きゅ、吸血鬼さんなんですか⁉」

「みんな、早くお臍を隠して！」

「は、はい！」

マジで驚愕する乳ヶ崎と、必死にお臍を隠す天音と小日向。なんともシュールな光景だった。

「……こいつらバカなの？」

桃井が呆れた口調で言った。

そうなんだよ、おバカなんだよ。

でも、こいつらみんな、お前より成績いいんだぞ？　あと、お臍を隠すのは雷様であって、吸血鬼じゃないからな。

「もしかして、吸血鬼さんだから、小学生のままなんですか？」

「うははは——。……へ？」

乳ヶ崎の科白に、高笑いをしていた自称吸血鬼がぴたりと動きを止めた。

そして次に涙目。

「ち、違うわい！　こ、これは……まだ発展途上というか、……その、あの……」

うわ〜。すんげぇ、しどろもどろじゃねえか。

どうやら自分の体型に、かなりのコンプレックスを持っているらしい。

しかもアレだな。素で痛い性格というよりは、無理して中二キャラを作っている感じだ。すでに地が出ているし。

「ええと、あの子が最後のメンバーってことでいいですか？」

俺は念のため美園先生に確認してみた。

「ええ、そうよ。山田多恵さん。──ただのバカよ」

ただのバカって……。もっとこう、ほかの奴らみたいに形容詞つけてあげようよ。

「あれ？ 山田多恵さん、なんですか？ でも確か、リリス・ブランドー・神威我って……」

世間知らずの乳ヶ崎が、戸惑ったように反応する。いや、そこはスルーしてあげようよ。

「ええと……。そ、それは、その……な、なんというか……あの……」

「って、おい！ 返しを考えていないんかい！」

俺は思わずツッコんでしまった。

「キャラを作っていない俺ですら、『それはこの世界で生きるための仮の名。我ほどの存在になれば徒に真名を明かし、下々の者の心を乱したりしないものなのだ』くらい言えるぞ！」

「そ、それ！ それだ！ さすがは師匠！ 我の心を代弁してくれたんだなっ！」

山田が我が意を得たりといった感じで、俺を指差してきた。

おいおい、大丈夫か、このロリっ子は。

……って、うん？

「おい、ちょっと待て。師匠ってなんだ？」

「ふっふっふ。光栄に思うがよい！　其方を我が師として認めてしんぜようぞ！」

「は？　だから、なんで俺が師匠なんだ？　俺はお前のことなんて知らないぞ」

「ふむ、無知な奴だな。だがまあいい、我も其方のことを今の今まで知らなかった。しかし、其方の過去をネットで調べて、その素晴らしい名言の数々に胸が熱くなったのだ！　ほら、見るがよい！　これは其方の――」

山田がスマホの画面をこちらに見せてくるのと、俺が駆けだしたのは、ほぼ同時だった。

直感が最悪の事態を想定した。

山田の言葉の節々には、俺を不安にさせる単語が並んでいた。

俺の勘が正しいのなら、あの中二病がスマホの画面に表示しているのは、俺がエヴァミリオンでやらかした数々の黒歴史に違いない。

「とりゃあっ！」

俺は素早くスマホを奪い取った。

「ほへ？」

そして次に、何が起こったか分からずにいる山田の腕を掴み、そのまま教室の外へと引っ張っていく。

「へ？　え？　ふえ？　な、なななななに？」

まるで誘拐犯に拉致された小学生よろしく目を白黒させる山田を無視して、俺はスマホの画面を見た。

果たしてそこには、世界一の中学生プレイヤー、∞(インフィニティ)ZERO(ゼロ)の冥言集と題されたまとめサイトが載っていた。

「うぎゃあああ！」

俺はリアルに絶叫をあげた。

「きゃわ！　ど、どうしたんですか⁉　師匠！」

俺は質問には答えず、山田を拘束するように壁ドンした。

戸惑ったみたいに、上目遣いでこちらを見てくる山田は、当初のイメージとは違い、物凄く可愛かった。

だけど今は、そんなことどうでもいい。

なぜ山田が俺の過去を検索したのか、少し冷静になって考えれば、すぐに理解することができた。

掃除用具入れに入っていたということは、最初にこの教室に来ていたのは山田だったはず。

そこで美園先生との会話で、俺がエヴァミリオンで世界一になった事実を知り、スマホで検索したのだろう。

　なんか山田もそんなことを言っていたような気がするし。

　そこまで来れば、山田が俺を師匠と呼ぶ理由も理解できる。

　あの当時の俺は中二病全開だったし、似た感性を持っていた奴らから神扱いされていた。

　つまり、現在進行形で中二病に冒されている山田が、俺の痛い発言に陶酔するのは、ある意味当然の摂理なのだ。

　くそっ！　どうする？　どうする？

　山田は俺と同類で、さらにはおバカだったので、俺のライフ（ソルベージ・マージン）はなんとか持ちこたえることができた。だが、普通の生徒たちにバレて、白い目で見られでもしたら――。

「なあ、山田」

「は、はい！　ええと、あの……、ご、ごめんなさい！」

　山田が叫ぶようにして謝った。俺は咄嗟（とっさ）のことで、反応に戸惑ってしまう。こいつはいったい何を謝っているのだろう？

「し、師匠のことは、そ、尊敬してますけど、その……なんというか、恋愛対象として見られないというか……」

　顔を真っ赤にした山田が、やけにモジモジとしながら言った。

「は？　なに言ってんの？」

「と、とにかく、あ、……愛の告白はう、嬉しいですけど、……我にはまだ早いというか……」

俺はここに来て、ようやくこのバカが何を言っているのか理解した。

どうやらこいつは、俺が壁ドンしたから、今から愛の告白をするシチュエーションだと早合点してしまったらしい。しかも、フラれるというオチまでつけやがった。

つーか、やっぱりこいつ、可愛いな。潤んだ瞳に、頬を赤く染めた顔。小さな鼻と口は、大人になる前の少女のバランスを保っている。

なるほど、今なら少しはロリコンの気持ちがわかる。山田を家に連れ帰ってペロペロしたいと言う奴がいても、「この変態!」と罵ることを俺はしないだろう。「このロリコン野郎!」とは言うけど。

ちなみに俺はロリコンじゃないので、なんとか耐えられた。

「いや、ちげえよ! なに言ってるんだか……」

俺は必死に誤解を解くことを考えながら、誰かに聞かれていないか、慌てて周囲を見回す。

そして、ぎしり、と硬直した。

教室のドアのところに、顔が五つ並んでいた。

「全員いるぅううっ⁉」

美園先生と桃井がニヤニヤしながら、乳ヶ崎は目を輝かせ、小日向は顔を赤くしながら、天音はよく分かってないような表情で、めちゃくちゃこちらをガン見していた。

「ち、違うんだ！　俺は告白なんかしていない、誤解だ！」

「駄目ですよ～、神輿屋さん。フラれたからって、自分の気持ちに嘘をついちゃ！」

乳ヶ崎が「めっ」と子供を怒るような顔で言った。

グサッ！

俺はハートにクリティカルダメージを受けた。

ちょっと気になっている女の子に、ほかの子を好きだと誤解され、しかもフラれたから誤魔化すような最低男だと思われてしまったのだ。

さすがにそれはきついぜ。

塩をかけられたナメクジの気分だ。

「あ、でも、師匠。……こ、交換日記なら、やってあげてもいいですよ」

同情したのか、山田が恥ずかしそうに目を伏せながら、真っ黒で禍々(まがまが)しいノートを差し出してくる。

なにこれ？　なんで真っ黒なの？　呪いのアイテムかなんか？

俺は冷めた目でそれを受け取ると、ぽいっと投げ捨てた。

「ええっ⁉」

悲鳴をあげる山田。

「はえ⁉　酷い⁉」

小日向が驚いた声をあげる。

「い～けないんだ、いけないんだ！　せ～んせ～いに言ってやろ～♪　ぜ～ったいに言ってやろ～♪」

天音がいまどき小学生でも言わなそうなパワーワードを口にする。いや、先生はお前の後ろにいて、噴き出しそうになるのを必死に我慢しているからな。

「シャーラップ！」

俺は声を張りあげた。窮地に陥ったときほど、慌てれば下手(へた)を打つ。俺がゲームで学んだことだ。

ゲームで世界一になるには、テクニックだけじゃない、自分のメンタルを完全に管理できる精神力も必要となるのだ。

「お前ら、ずっと見てたんだろ？　俺が山田に『好き』だと言ったのを聞いた奴はいるか？」

俺の質問に、彼女たちは互いに顔を見合わせた。

「そ、そういえば……」

乳ヶ崎が戸惑ったように同意を示す。よし、いい流れだ。

「だけど、テツヤくん。壁ドンして、ハアハア言っていたよ！」

「目ぇ血走って……、は、発情したウサギみたい、やった……」

「股間も膨らんでいなかった？」

「青春よね〜」

「おい、こらっ！　事実を捏造すんな！　ハアハアしてねえし、発情もしてねえし、勃起もしてねえ！　あと、こんな青春望んでねぇから！」

「ふえ？　ボッキってなに？」

　天音が首を傾げた。長く伸びたツインテールがふわっと揺れた。

「確か、企業の会計処理で使われる知識全般のことだったと思います」

　それは簿記だ、乳ヶ崎。お前も実は知らないだろ？

「とにかく、俺は山田に大事な話がある。外野は散った。ほら、しっし」

「え？　大事な話？　ずる〜い。私も聞きた〜い！」

　ガキみたいに絡んでくる天音を追いやり、ほかのメンバーもなんとか追いやった。

　俺は短くため息をつくと、悲しそうな表情で黒い交換日記を抱き締める山田の横にしゃがみ込む。ちょっとだけ罪悪感を覚えた。

　小さな女の子が大事にしていたウサギのぬいぐるみを投げ捨てた気分だ。

（本当に子供みたいだな、こいつ）

　しかし俺は、そんな山田の誤解を解いて、かつ俺の過去を漏らさないよう、なんとか彼女に釘を刺す必要があった。

そして、その戦略図は、すでに俺の頭の中で展開されていた。

「あ～、なんだ。悪かったよ。だけど、本当に誤解なんだ。お前だけに話すけど、実は俺には、すごい秘密があるんだ」

「秘密⁉」

俺の科白に山田が興味津々といった表情を向けてくる。頭のアホ毛が興奮した犬の尻尾みたいに左右に揺れていた。

よし、摑みはオッケーだ。

さすがにこれで滑ったら、目も当てられないが、中二病を説得する方法は心得ている。あの痛い過去が役に立つ唯一の場面だろう。

「……俺は、とある機関に命を狙われている」

「と、とある機関⁉」

山田が正座して、俺の話に耳を傾けはじめた。いや、うまく騙せているのはいいけど、キラキラした目で見られると、罪悪感が芽生えてくるなぁ。

「世界一のゲーマーとなった俺は、国家に影響力を与えるほどの強大な権力を手に入れた。しかしそれは同時に、世界征服を企む謎の機関に目をつけられる結果にもなってしまったんだ」

「おおう⁉」

　山田の鼻息が荒くなった。興奮した子犬みたいだ。

「奴らは俺を仲間に取り込もうとしてきた。だが俺は断った。なぜなら俺はゲームも愛していたが、この世界も、言うほど嫌いじゃなかったからな。それに――、ゲーム（新世界）の神となった俺が、いまだに現実の世界から抜け出せない雑魚（ざこ）どもの配下に加わるわけねえだろ！」

「す、すごい……」

　山田が一切疑うことなく感銘を受けていた。いや、俺が言うのもなんだけど、気づけよ。ちょっと考えれば「あれ？　おかしいな〜」って思う部分あるだろ？

「そんなわけで俺は、奴らの怒りを買ってしまったわけだ。俺だけなら、なんとか逃げ延びることもできたが、俺にも家族や友人がいる。みんなを守るためにも、俺は自分の死を偽装した。つまり、奴らは俺が死んだとばかり思っている。ここまではいいか？」

　山田はこくこくと大きく頷いた。

「だから、俺が生きていることを奴らに知られるのは不味（まず）い。奴らの組織は強大だ。奴らの諜報員（ちょうほういん）がこの学園内にいないとも限らない」

「そ、そうなのですか⁉」

　いや、いるわけないだろ。何しに学校に来るんだよ。

「ああ。だが、所詮は末端の諜報員だ。知らされていない情報も多い。世界一のゲーマー・∞ZEROの名前は知っていても、その正体が俺だということまでは知らされていない。だが、もしも俺があの∞ZEROだとバレたら、どうなるか分かるな？」

「――世界が滅びる⁉」

……いや、滅びねえよ。

「そうだ。だから俺の正体のことは、みんなには秘密にしておいてほしい。匿名でSNSに上げるのもなしだぞ。必ずバレるからな。約束できるな？」

「ふっふっふ。もちろんだ、我が師よ！　このリリス・マルガリータ・如月（きさらぎ）の真名にかけて、其方との血の盟約を守ろうぞ！」

急にキャラを復活させるなよ、戸惑うじゃねえか。それに「真名にかけて」って言ってるが、お前の場合「山田多恵」だぞ。あと、さっきと名前変わってね？

とりあえず、なんとか危機を乗り切ることはできた。だけど、これからどうなることやら……。

俺は疲れたように息を吐くと、山田と一緒に教室に戻った。

そうしてこの日、俺の学園に「ゲーム部」が設立されたのだった。

二章

◆いざ、ゲームの世界へ！

「……マジかよ」

俺は思わず、驚き半分、呆れ半分といった呟きを漏らした。

ゲーム部が出来た翌日、新しい部室として紹介された昨日の教室の中には、六人分のフルダイブボックスが鎮座していた。

発注しても数ヵ月待ちが基本で、そもそも値段も張るし場所も取るから、ゲームカフェなどでプレイするのがデフォな品物である。それが次の日には魔法のように、教室の中に現れていたのだ。

なんというか、この世界の闇の部分を垣間見たような気分だ。これが乳ケ崎家の持つ権力か……。

「――じゃあ、まずはエヴァミリオンについて説明する」

フルダイブボックスの脇に設置されたテーブルに部員たちを座らせ、俺はホワイトボードを使いながら説明をはじめた。少し離れたところには、顧問をしてくれている美園先生が座っている。

「エヴァミリオンはeスポーツのMOBAが有名だけど、実際はMMOがメインだ。毎月チーム戦のイベントをやっていて、それが人気となってeスポーツの競技種目になった感じだ」

五人の美少女たちが、真剣な眼差しを俺に向けてきていた。

彼女たちのほうを見ると、どうしてもばっちりと目が合うため、ちょっとドキドキしてしまう。

だけど、それ以上に、快感のほうが強かった。

だって、普通なら俺のことを見向きもしない美少女たちが、まっすぐに俺を見ててくれるんだぜ？　相手の真正面の顔も見放題だし。日常生活で、美少女の顔をまっすぐに見る機会なんてそうそうないだろ？

俺は早くも、「部長になって良かった」と思いはじめていた。

「っていうか、その説明は必要なの？　なんでゲームすんのに、勉強が必要なわけ？」

学年最下位の桃井が不満げに言った。ほんの少し勉強することさえも嫌らしい。

「基本は大事だろ？　自分がどんなゲームやるかも知らないでやるつもりか？」

天音が手をワキワキしながら、俺に話しかけてきた。

「ねえねえ、タクヤくん」

っていうか、タクヤって誰だよ？

昨日と名前変わってるよな？

「はい、なんでしょう？　ちなみに、俺の名前はタクヤじゃありません」

「あ、そうだったね。それでね、タクヤくん。モバとモモって何が違うの？」

「いや、お前、俺の話聞いてた？　俺はタクヤじゃねえよ。神輿屋誉だ」

「大丈夫大丈夫。わかってるって。私たち同じクラスでしょ？　知ってるけど思い出せないだけだよ。やだなぁ」

いや、ぜんぜん大丈夫じゃねえよ。人の名前覚える気ないだろ？

「モバじゃなく、エム、オー、ビー、エー。早い話、五人くらいのチーム同士で対決するオンラインゲームのことだ。サッカーみたいなものと思ってくれ」

「え？　サッカーは十人だよ？　五人じゃないよ？　アキラくん、まっちが〜い！」

天音がケラケラと笑う。

ああ、さすがはキング。もはや会話が成立しない。あと、サッカーは十人じゃねえよ。

それとアキラって誰よ？

「あれ？　サッカーって九人じゃなかった？」

「桃井……。つっこむなら、せめて当ててくれ」

「は？　なんか間違って……、って、なによ？　その顔は⁉」

俺がどんな顔をしているか、自分では分からないが、とても残念な生き物でも見るような顔をしていただろう。

桃井はバカだが、微妙に空気が読めるタイプなので、間違いを指摘されると顔を赤くして、すぐに涙目になってしまう。慣れてくると、ちょっとその仕草が可愛い。

「それじゃ、ＭＭＯはなんの略ですか？」

乳ヶ崎が鈴の鳴るような声で訊いてきた。

おバカな集団の中にあって、唯一の癒やしだ。ああ、マジで惚れそう。

「マッシブリー・マルチプレイヤー・オンラインの略。要はたくさんの人が入り交じって、ネット上でプレイするゲームのことだ」

「つまりは乱交プレイですね？」

乳ヶ崎がやわらかな笑みを浮かべて、卑猥な単語を発した。俺は状況が理解できず凍り付く。

「はぁ？　そうだったの⁉」

「はう……。卑猥やぁ」

誤解したらしい桃井と小日向が、顔を真っ赤にして抗議してきた。小日向はイメージどおりだが、桃井も意外に純情らしい。もしかして処女か、こいつ。

「ちげえよ！　意味わかって言ってる⁉」

「そういえば辞書的な意味は調べていませんでした。字面的にはたくさんの人が入り交じって自由にプレイする感じでしたが、違いましたか？」

ちょっと上目遣いで首を傾げてくる様が、たまらなく可愛い。しかし、危うい可愛さだ。

「とりあえず、辞書で調べてみますね」

「ストップ！　いや、調べなくていい！」

スマホを取りだした乳ヶ崎を、俺は慌てて止めた。さすがにこの場で、乱交プレイの意味を知られるのは気まずい。

「す、すみません。常識がなくって。乱交プレイって言葉、知っていて当然のことなんですよね？」

いや、どうだろう？

俺は視線をずらした。というか、ハテナマークを浮かべている天音以外のメンバーも、乳ヶ崎から視線を背けている。

よくよく考えれば、乱交プレイなんて経験ないのが普通だから、この言葉を知っている高校生のほうがおかしいのかもしれない。

「とりあえず、説明を続けてくれない？」

微妙な空気を読んで、美園先生が助け舟を出してくれた。

俺はわざとらしく咳をすると、説明を続けた。

ｅスポーツの競技種目になっている対戦バトルは、ランクが十になってから解放されること。さまざまな種族をアバターとして選んで、魔王を倒す冒険に出ること。パーティは自由に組めるが、五人までなので、自分だけが別パーティに設定することを話した。

「し、師匠！　アバターに吸血鬼はいるのですか⁉」

山田が目を輝かせて質問してきた。

ああ、そういえば、こいつの設定、吸血鬼だったなぁ。

「ああ、いるぞ」

「にょほおぉぉおおうっ！　つ、ついに我が真の吸血鬼になるときが来たのだ！」

「え？　リリスさんって、吸血鬼じゃなかったですか？」

乳ヶ崎が首を傾げる。マジでこの子、悪意のないナイフをぶっ刺してくるなぁ。かといって、乳ヶ崎に中二病を説明するのは骨が折れそうだし。

「そ、それはだな……。ええと、あの……」

アドリブに馬鹿みたいに弱い山田は、すでに泣きそうな顔になっていた。そして構ってもらいたいときの子犬みたいな表情を、俺に向けてくる。

いや、助けないからな。

「じゃあ、ダイブして、軽くエヴァミリオンの世界を冒険してみようか。今日中にチュートリアルまでは終わらせておきたい」

彼女たちにフルダイブボックスの操作を覚えさせるのは諦めていたので、彼女たちが入った後に俺が外部操作を行った。

フルダイブボックスは、安全上の理由から、外部からでも操作が可能だ。

美園先生に監視をお願いして、最後に俺もフルダイブボックスに入る。そして、スイッチを起動させた。

頭に被ったヘッドセットのゴーグル部分の内側に、システムの起動を確認する文字列が高速で流れていく。

と、そのときだ。

ジジッとノイズが走ったように思えた。

そして急速に意識が落ちていく感覚。

(なんだ?)

体感型ＭＭＯは、あくまで脳へ直接情報を送っているだけで、意識が途切れるようなことはない。異常事態じゃないのか？

まるで飛行機が空中で分解して、宙に投げ出されたような浮遊感を覚え、俺は恐怖を感じた。

　そして、世界が暗転する。

「神輿屋さん、起きてください」

　鈴が鳴るような声が、俺の耳をくすぐってきた。

　風が肌を撫でる感覚と、地面が背中を押し返してくる感覚がある。

　俺はゆっくりと目を開けた。

　そこには、大きなエメラルドグリーンの瞳に、輝くみたいな白い肌を持った美少女の顔があった。

　驚くよりも先に、その美しさに目を奪われてしまう。

　陶磁のようにきめ細かな肌に小さな卵型の顔は、精緻な人形のように完璧なバランスをとっていた。プラチナブロンドの髪は砂金のようにさらさらで、その髪の間から、長く伸びた耳が見える。

　エルフだった。

　こんなにも美しい存在がいるのかと、自分の正気を疑ってしまう。

「神輿屋さん、どうしたんですか?」

　エルフがそのピンク色の唇を開いて言った。

ああ、なんでこのエルフは俺のこと知ってんだ？

ん？　この顔……。

「もしかして、乳ヶ崎か？」

「はい、そうですけど」

あっけらかんと答えられたが、俺が受けた衝撃は凄まじいものだった。神々しいまでの美しさ。エルフとなった乳ヶ崎は、世界の風景を奪うほど美しかった。

「あの、神輿屋さん？」

乳ヶ崎が訝しそうな顔をしたのを見て、ようやく我に返った。

「俺はいま何をして――」

状況を思い出そうとする。

そうだ。俺はいま、エヴァミリオンの世界に来ていたはずだ。

だけど、ここはどこだ？

通常、エヴァミリオンに初めてログインしたら、必ず「始まりの街」からスタートする決まりになっている。

けれども、ここはどこかの森の中。

新しくフィールドが追加されたのか、見覚えのない場所だった。

俺がエヴァミリオンを辞めてから、二年ほど経っているので、あり得ない話でもない。

けれども……。

あたりを見回す俺は、不機嫌そうな顔をして佇んでいる桃井の姿に気づいた。

大きな漆黒のとんがり帽子に漆黒のマント、丈の短いスカートを穿いている。ハイヒールのブーツが特徴的だった。

ブラックマジシャンのアバターだ。

ツンとすました表情が衣装とマッチしていて、少しドキドキしてしまう。ギャルとブラックマジシャンの組み合わせ。こんなに凶悪なモノがあるだろうか？

さらにほかのメンバーを捜した俺は、少し離れたところにいる小日向を見つけた。

ほぼ、全裸だった。

「ぶっ！　お前、なんてアバターを選んでるんだ⁉」

「ひぃぃん！　み、見らんといて〜！」

ほとんど紐状の服に、背中からは蝙蝠の翼、頭には曲がった双角、尾てい骨からは先端がスペード形の尻尾が生えている。

十八禁ＭＭＤのサキュバスだった。

違法ではないが、自己責任でダウンロードするものなので、通常は選ぶことはできない。

恥ずかしそうに体を隠す小日向の態度からも、あえて選んだ感じではなさそうだ。ただでさえ童貞を殺す服と言われているのに、隠れエロエロボディの小日向とのコンボは凶悪で、三次元に耐性がある俺ですらも、ドキドキが止まらなかった。

いったい何が起こっているのだろうか？

ある予感を覚えた俺は、自分のアバターを確認するため、操作アイコンを開こうとした。

けれども、呼び出しの動作をしても、何も起こらなかった。

「あれ？」

「ちょっと、何してんの？　手の動きがイヤらしいんだけど？」

桃井がゴキブリでも見るような目つきで言う。俺がマゾだったら喜んでいるところだぞ。

「操作アイコンが開かないんだ。ゲームの操作ができない。まずいぞ、これ」

「何がまずいんですか？」

「最悪、このゲームからログアウトできなくなる」

「は？　どういうことなの？」

「ゲームから出るには、操作アイコンのログアウトを押す必要があるんだ。それ以外では、自らの意思で、ゲームから出ることはできない」

「それって、家に帰れん……ってこと？」

小日向が心配そうに尋ねてくる。

「一応外部からの非常操作でログアウトはできるはずだけど……」

「どっちなの？　あたしたち帰れるの帰れないの？」

桃井が不安そうに問い詰めてくる。

ギャルといっても女の子なのだ。少し泣きそうな顔になっていた。

普通だったら、時間が経てばログアウトできるはず。

しかし俺は、その言葉を口にできなかった。

違和感が全身を絞めつけてくる。

何かがおかしい。

「そういや、天音と山田は？」

「ああ、ふたりなら、『ひゃっほー』とか叫んで、向こうの方へ走っていきましたよ」

乳ヶ崎が笑顔で答える。

くそ、あいつらバカか？

いや、バカなのは知っていたけど、乳ヶ崎たちも止めろよな？　その科白はすでに死亡フラグだぞ？

「何かがおかしい。一度全員で集合しよう」

俺は言って、移動を始めようとしたが、小日向だけが動いてくれない。どうやら自分の格好が恥ずかしくて動けないらしい。ほぼ全裸で小動物みたいにプルプル震える様は、確かに目のやり場に困った。

「ほら、とりあえず俺のマントを羽織れ。ないよりマシだろ」

「うん。ありがと。……うわっ、これ、臭いやん！」

「あ、本当ですね。結構臭います」

「うっわ！　最悪！　マジで臭いんだけど！」

「俺の善意に対する対応酷すぎない⁉」

結局、小日向は桃井のマントを借りることになった。つーか、マントを取ったブラックマジシャンって、臍出しルックのイケイケ姉ちゃんにしか見えなかった。

◆ゲームオーバーになっても死んだりしないよね？

天音たちが消えていったほうへ向かいながら、俺は周囲の様子を観察していた。

体感型ＭＭＯは、そのリアリティが売りのジャンルだ。

けれどもここは、あまりにも現実的過ぎた。

草の質感や重さ、空気の肌触りや森の匂いなど、すべてがリアルに感じられる。

いくら二年の進化があるとはいえ、ここまでリアルな演出ができるものだろうか？

違和感を覚えながらも、俺は少しだけワクワクしていた。

日常との乖離。

見知らぬ土地、見知らぬ大自然の中を走り抜けるのは、肉体を超えた開放感がある。魂が躍動していると言い換えてもいい。

旅行先で全力疾走したくなるあの気分だ。

すべての風景が目新しく、空気さえも新鮮で、不安と興奮とが入り混じった感覚。

しかも、なんらかの種族になっている俺は、人間では出し得ない移動速度でマップを駆け抜け、地面から跳躍していた。向かい風が最高に気持ちいい。

体験型ゲームが好きな奴ならわかるだろ？

これが楽しくないゲーマーなんて存在しない。

「あ、天音さんたちです！　お〜い！」

見つけられるか不安だったが、茂みから飛び出してきた天音と山田を、乳ヶ崎が最初に見つけてくれた。乳ヶ崎が大きく手を振ると、それに合わせて彼女の大きな胸もブルンブルンと揺れる。眼福である。

ふたりはすぐに気づいて、まっすぐにこちらへ走ってきた。天音は大きく両手を振ってきて楽しそうな様子だったが、その隣の山田の表情は強張ったままだ。

なんだか違和感を覚えた。

「なんか様子がおかしくない？」

桃井も同じ気持ちだったらしい。

次の瞬間、天音たちが出てきた森から、巨大な魔物が姿を現した。

双頭の巨大なライオンの顔。全長はバスぐらいもある魔物、ヘルライガーだ。

「ちょっ⁉　なによ、あれ！」

「ひぃいいいいい！」

桃井も小日向も、初めて見る魔物の迫力に度肝を抜かれていた。

「わあぁ！　強そうな魔物ですね」

常識のない乳ヶ崎が、ある意味まっとうなリアクションをする。ゲームの敵だとすれば、恐怖よりもワクワク感のほうが勝るのも理解できる。

だが、何か異常なことが起きているこの状況を、単なるゲームと理解してよいものか？

「し、師匠ぉおおおおお！　おっ、お助けぇえええええ！」

「ひゃははは！　鬼ごっこ楽しいな！」

真逆の態度を示す山田と天音。そんな天音の頭にはウサギの耳がついていて、背中には巨大な包丁を背負っていた。

まさか、あのアバターは——

「ちょっと、追いつかれるんじゃない？」

桃井が心配そうに指摘する。

確かにそうだ。まだ余裕のある天音ならまだしも、隣の山田が逃げ切ることは不可能だろう。いや、山田だけじゃなく、俺たちの足でも逃げ切ることはできない。

戦うしかなかった。

ヘルライガーはエヴァミリオンに出てくる中級モンスターで、奴の行動パターンは把握している。エヴァミリオンはレベルよりも知識やテクニックが重視されるゲームだ。時間はかかるが、俺と天音が連携すれば、倒せる自信はあった。

「天音、手伝え！　俺とお前なら、あいつを倒せる！」

「りょ〜かい！」

天音が物怖じすることなく、背中の巨大包丁を手に取る。正直、彼女のそういう態度は頼もしかった。俺も剣を抜きながら、ヘルライガーへ向かっていった。

数分後、俺たちはなんとかヘルライガーを倒すことに成功していた。

やはりというか行動パターンはエヴァミリオンのヘルライガーと同じで、倒された瞬間、粒子となって溶けるように消えていく。血などは出なかったが、剣を通して伝わってくる体を傷つける感触は、妙にリアルだった。

この生々しさは、ゲームというより現実に近い。まさか、という想像が俺の常識を揺さぶってくる。

「やったぁああ！　未来ちゃん、勝利！」

初勝利に歓喜した天音が、何を思ったのか、俺に抱きついてきた。

「うわっ、こら！」

俺は思いっきり動揺してしまう。俺に抱きついてきた天音の感触はやけにリアルで、細身だけどやわらかい肉付きや、皮膚同士が接触する焼けるような温もりが感じられた。

けれどもそれは一瞬のことで、天音はすぐに他のメンバーとハイタッチを始める。

本当に喜んだ勢いでハグしていただけらしい。

ったく、一応は物凄い美少女なんだから、もう少し気を遣えよな。心臓が爆発するかと思ったぞ。

俺が内心でそんなことを思っていると、何故か桃井と目が合った。

「え？　なに？」

「え？　いや、……あんたって、意外に強いんだね？　ちょっとビックリしたかも」

桃井が少し照れたように言った。なんだが桃井が純情な乙女に見えてしまって、日頃のギャルキャラとのギャップに、こっちも驚いてしまった。

「まあ、一応は部長だしな。ゲームには自信がある」

「神輿屋くん。めっさ、カッコよかった……よ」

マントの下に艶やかな肉体を隠す小日向も称賛してくれた。素直に嬉しいのだが、今の格好で言われると、性犯罪者からギリギリで助けたみたいな感じに思えてしまう。

「神輿屋さんもお強かったですけど、天音さんも凄かったですよね？」

乳ヶ崎がもうひとりの功労者である天音を讃えた。俺が防御と攪乱を担当し、天音が主にダメージを与える役割だった。

さすがに俺の今の火力じゃ、ヘルライガーは骨が折れる。天音がいなかったらヤバかっただろう。

「にょほほ〜！　私って才能あんのかな？」

「天音のアバターはボーパルバニーといって、超レアな上級職なんだ。攻撃はすべてクリティカルで相手の防御力も無視できる」

俺は、剣を握る自分の手を見つめながら言った。

ここがゲームの世界かは不明だが、少なくとも人間の体では実現できないような動きで巨大な敵を倒す。その充実感と達成感は、ゲームのエヴァミリオンに通じるものがあった。

そうだ、この感覚。この世界なら、俺は神だって倒せる！

このシチュエーションに、ワクワクしない男子なんか存在しないだろう。

「なんと⁉　そんなに凄いのか⁉　ふっふっふ。まさに、この最強の吸血鬼たる我の下僕に相応しい種族よのう！」

ヘルライガー相手にビビって逃げ回っていた山田が、反り返るようにして高笑いした。

どうやら、こいつは自分のアバターを吸血鬼だと思っているらしい。

「小日向、桃井、乳ヶ崎。お前たちは、なんのアバターを選択したんだ？」

小日向があんな破廉恥なアバターを自分から選ぶはずがない。さらに天音のボーパルバニーは、特殊なクエストをクリアしてゲットできるイベント産だ。選択できるはずもないのだ。

「えっと、ウチはフェアリーを、選んだはずやけど……」

やはりか。小日向に続いて、桃井も乳ヶ崎も選んだアバターを答えたが、今のアバターとは違うものだった。

ここでも異常が起きているのだ。

当然俺のアバターも違うものになっているのだろうが、ウィンドウが開かないため確認できない。

だが、ボーパルバニーの固有スキル、確定クリティカルの「クビキリ」が有効になっていることや、ヘルライガーの使ってきた技から、この世界にエヴァミリオンのスキルが存在することは確かなようだ。

エヴァミリオンのスキルは、スキルポイントと必要なアイテムを揃えた状態で街に行き、スキル屋でスキル神を呼び出すことによってゲットできる。今の状況を知るにも、自分のアバターを知るにも、とりあえず街に行く必要がありそうだ。

「あの、神輿屋さん。ライオンさんの消えた場所に、なにか光っている物があるんですけど、あれ、なんでしょうか？」

乳ヶ崎に指摘され、遅ればせながら俺も気づく。ヘルライガーの牙らしき物が、淡い光を放ちながら地面に落ちていた。

うん？　もしかして、これってドロップアイテムなのか？

妙に生々しいな。

「ふっふっふ。あれはドロップアイテムじゃな！　もっとも手柄を上げ、もっとも至高の存在である我が手に入れるのが妥当じゃろう！」

一番役に立たなかった山田が、まっさきにヘルライガーの牙を手に取った。

唾液がにゅちゃ～ってしていた。

「ひぃいいい！　気持ち悪い！」

唾液のついた自分の手をしっしと払ってから、何を思ったのか、山田はその手を自分の顔の前に持ってくる。

「うおっ！　くっせ！」

山田が放送禁止レベルの顔をした。

◆村人を発見しました

「ねえねえ？　あれって、街じゃないかな？」

俺たちのずっと前を歩いていた天音が、明るい声で叫んだ。

当初は、周りの風景などに感動して、「ピクニックみたいだね」と喜んでいた彼女たちの表情にも、若干の疲労が浮かんでいた。

エヴァミリオンには体力ゲージがなく、移動で疲弊することはない。けれども今は、疲労感を覚えている。この感覚は、ゲームというよりは現実に近かった。

けれども同時に、俺たちの戦闘能力が、ゲームのキャラ並みに向上していることは確認済みだ。

ゲームなのか、現実なのか？

その答えが薄らと見えてくる。

信じたくはないが、おそらくこれが一番可能性は高い。

俺たちが置かれている状況。

それは、「異世界転移」だ。

ゲームの世界にログインしようとして、異世界に転移してしまったという都市伝説は耳にしたことがあった。「三十歳を過ぎるまで童貞だったら魔法が使える」レベルのネタだと思っていたが、それ以外に考えられない。

つーか、マジか？　マジなのか？

「やっと街？　タピオカ飲みた～い」

「お腹、すい……ちゃった」

「やっと民草に会えるんですね！　楽しみです！」

桃井、小日向、乳ヶ崎が、三者三様の反応で駆け出していった。

森が開けた平地に、木造の建物が密集している場所が見える。規模的には数百人が住んでいる程度だろうか。

街というよりは村だな。

けれども人がいれば、有力な情報を得ることができるだろう。

この世界での初めての村。体の奥底から高揚感が上ってきて、思わず彼女たちの後を追うように駆け出してしまった。

そりゃ、これからどうなるだろうかという不安もあるけど、超人と化した肉体とゲームへの絶対の自信が、不安を別の感情へと書き替えていく。

すなわち「冒険」だ。

俺は今、この世界で、美少女たちと冒険しているのだ。

村に入ると、道端で追いかけっこをしている子供の姿や、庭先で編み物をしたり野菜を洗ったり、薪割りをしている村人の姿があった。生活レベルは一般的なファンタジー世界だ。

おお、人が動いているぞ。という謎の感動が湧きあがってくる。

「未来ちゃんも入れて〜！」

天音が道端で追いかけっこをしている子供を見るや、一緒に遊ぼうとする。あいつの精神年齢は子供か。

しかし、異変は唐突に起こった。天音が子供の群れに入った瞬間、

「うわああああ！」

つんざくような、子供たちの泣き声が響き渡った。

俺たちもギョッとしたが、周りの大人たちも同じだった。驚いて子供たちのほうを見て、遅ればせながら、俺たちの存在にも気づいたようだった。

「うわああああああああ！　ま、魔物だぁあああああ！　魔物が襲ってきたぞぉおおお！」

「え？　魔物ですか⁉　どこです？　早く倒しましょう！」

「くっくっく、我の力を愚民どもに示すときが来たな！」

乳ヶ崎はきょろきょろとあたりを見渡し、山田が中二病っぽいポーズを決める。

だけど、俺は嫌な予感がしていた。

村人の視線は明らかに俺たちを捉えていたからだ。

やがて、手にクワやスキなどの農具を持った村人たちが、俺たちを取り囲むようにして現れた。

「え？　なんかヤバくない？」

不穏な空気を察した桃井が、緊張した面持ちで言った。小日向も怯(おび)えたように、桃井の服を摑(つか)んでいる。

「くそ！　なんでこんなところに魔物の群れが？」

「おい！　あれ、サキュバスじゃないか？」

村人のひとりが小日向を指差して言った。

「本当だ。サキュバスだ！　なんてエロい格好をしているんだ！」

「ほぼ全裸じゃねえか⁉」

「卑猥な格好をしやがって、この淫乱が！」

「そんな格好して恥ずかしくないの？」

「スケベ、変態！　色欲魔！」

村人が小日向へ、次々と罵詈雑言(ばりぞうごん)を叩(たた)きつける。

いや、ちょっと違うかな。

村人は七対三くらいで、男の方が多いのだけれども、男たちの目が、なんかちょっとイヤらしかった。

心なしか、目が血走って、前かがみになっているような気がする。

「ひ、ひぃいいい！　か、堪忍してぇ」

たまらず小日向が、顔を真っ赤にして体をくねらせる。

「「おお～‼」」

途端に男たちから、拳を握り締めての大歓声があがった。

あ～、駄目だ。

こいつら、単なるエロオヤジだ。でも確かに、小日向の仕草はエロかった。

「お、おい、あれ！　エルフじゃないか⁉」

今度は乳ヶ崎を指差して、村人が叫んだ。

「本当だ、エルフだ！」

「マジで美しい！　俺、エルフ見たの初めてだ！」

「なんて清らかな美しさ。俺の嫁にしてぇ」

「はぁはぁ、エルフたん可愛い」

「き、奇跡だぁああ‼」

「どうも、恐れ入ります」

褒められていると思った乳ヶ崎が、凜(りん)とした所作でペコリと頭を下げた。ボリュームのある胸がぽよよんと弾む。

「「おお～!!」」

再び大歓声があがった。涙を流している者もいる。完全なエロオヤジの群れだった。でも、乳ヶ崎の美しさが奇跡レベルなのは認めよう。

「なに、こいつら。馬鹿ばっかなの？」

こういうとき、桃井のリアクションは一般的だな。

とりあえず、村人たちにとって、俺たちの種族は、まんまゲームで選択できるアバターに見えていることがわかった。

しかも態度から見るに、魔物と人間は共存関係にはないようだ。

「あんたたち！　なにアホなこと言ってんだよ!?　相手は魔物だよ！」

案の定、エロ丸出しの男たちは、村の女たちに怒られてしまった。

「村の男たちを誘惑しやがって！　エロいだけが取り柄の魔物め！」

「早く叩き殺せ！」

なんか女性陣から、無駄に怒りを買ってしまったようだ。

「えっと、そのことなんですけど……」

戦闘はしたくなかったので、俺は敵意がないことを伝えようとする。

「きゃあああああ！　ゴブリンよ！」

「ああ、ほんとだ！　ゴブリンだ！」

「モテないくせに性欲だけは強いゴブリンだ！」

「卑怯でバカなくせに無駄にスケベなゴブリンだ！」

「女子供は隠せ！　奴は女ならババアだって構わない性欲魔獣だぞ！」

「性欲しか頭にないドスケベめ！」

俺に気づいた村人の女たちが、慌てて家の中へ隠れてしまった。

「あんた、そんなにヤバい奴だったの？」

「ひ、卑猥です」

「タクヤくん、変態だぁ！」

「いや、ちげえよ！　あくまで俺のアバターに対してだよ！　っていうか、ゴブリンって
そこまで酷くないからな！」

この世界のゴブリンってどんだけ嫌われてるんだよ。

っていうか、やっぱり俺、ゴブリンだったのか。

なんとなく予想はしていたけど、確証もなかったしなぁ。

「くそぉ！　あのゴブリン。サキュバスにエルフを連れているだと？」

「どんだけエロい生活送ってるんだよ！　俺なんか、女と手をつないだこともないのに！」

「ちくしょう。羨ましいぜ！」

なんか知らないけど、俺も村人たちの怒りを買ってしまったらしい。

「くっくっく。やはり愚民どもの目は曇っているなぁ。エルフ？　サキュバスじゃと？

貴様らの目には、この偉大なる我の存在は目に入らぬと見えるな」

「おい、スライムが何か言ってるぞ？」

「なんで、あのスライムあんなに偉そうなんだ？」

「スライムの分際で生意気な」

「ふへっ⁉　す、スライム……？」

山田が作画崩壊したアニメみたいな顔になる。

ギギギ、と俺のほうへ顔を向けると、無言で真偽を確かめてきた。

そういや言ってなかったな。

「あ、うん。お前、スライムな」

「ぎょっほぉおおおおおおおおおお‼」

山田が同情するほどの悲痛な叫びをあげた。

「すすすすスライムってアレですか？　大抵のゲームで、もっとも雑魚キャラで、
い、一番弱いアレですか？」

「あ、うん。そうだ。あと、『もっとも雑魚』も『一番弱い』も同じ意味な」

「魔法もスキルも使えず、経験値の足しにもならない、あのスライムですか⁉」

「あ、うん。だけど、エヴァミリオンのスライムは、スキルは使えるから」

「ま、魔法はどうです？」

「あ、それは無理」

「ぎゃっひぃいいいいん‼」

山田がムンクの「叫び」以上に捻(ね)じれた叫び声をあげた。

「そ、そんな。吸血鬼になれると思ったのに……。本物の吸血鬼になれると思っていたのに……。スライムってあんた……。スライムってあんた……」

ショックを受けた山田は戦意を喪失し、地面に吸血鬼のキャラらしいイラストを指で描きはじめた。微妙に下手くそだった。

「あとは、ブラックマジシャンに獣人か？　みんな気を抜くんじゃねえぞ！」

「魔物を倒して、エルフたんを助けるんだ！」

「サキュバスは殺すなよ？　捕獲して――うほっ」

「ぐっへっへっへ！」

男たちの血走った表情が途端に卑猥なものに変わる。何を想像しているのか、聞かなくともわかるレベルだ。

「ねえ？　ブラックマジシャンって黒髪の手品師のことよね？　それって人間じゃない

「ブラック」を黒髪と訳したのは、たぶんお前が初めてだぞ？
桃井が小声で話しかけてきた。勉強はできないが、「ブラック」と「マジシャン」の意味は知っていたらしい。でも

「ゲームでマジシャンといったら、普通は魔法使いのことを言う。ブラックは闇や悪って意味だ。つまり、悪の魔法使いな。エヴァミリオンのブラックマジシャンは、魔族に魂を売った魔法使いという設定で、すでに人間をやめている。ビジュアルも魔族に近い感じになっているんだ」

つまりは、俺たちのパーティに人間はいないってことだ。

対応を誤ると戦闘になるな。

ちなみに、天音のことを獣人と呼んだのは正解だ。獣人はもっともスキンの種類が多く、いろんな動物をベースとしたビジュアルを持つ。

けれどもスキン扱いなので、一部のアバターを除き、パラメータは同じだったりする。見た目で区別する必要がないのだ。

天音のアバターはボーパルバニーというパラメータの異なるレア種族なのだが、レア故に彼らも気づかなかったのだろう。

「なんか分からないけど、この人たち敵なんだよね？　未来ちゃんに任せて！」

じりじりと詰め寄ってくる村人たちに、天音は背中の巨大包丁を抜き放った。

「ちょっと待て、天音！　殺すんじゃない！　彼らは敵じゃない！」

俺たちの目的はあくまで情報収集、戦闘はデメリットでしかない。それに、もしも彼らを殺しでもしたら、絶対に取り返しのつかない状況となってしまう。

「俺たちの目的は話し合いだ。武器をしまえ。俺たちが悪い魔物じゃないことを理解してもらうんだ」

「へへっ！『僕は悪いスライムじゃないよ～』ってことですか？　師匠？」

山田がニヒルに笑って言った。ショックなのはわかるが、ちょっとムカつく。

「よく分かかんないけど、首チョンパしちゃ駄目なんだね？」

「そうだ」

俺の科白に、天音は「わかった」と言って、包丁を背中に戻した。

そして次の瞬間、天音は近くにいた無駄にガタイの良い村人に、飛び蹴りを喰らわせた。

蹴りを喰らった村人は吹き飛ばされて、家の壁をぶち破って停止する。

「ちょぉ！　まぁああっ！」

俺は絶叫した。

え？　なんでお前、仲良くしようと言った矢先に蹴り入れてんの？

ボーパルバニーの蹴りって、並みの魔物でも一撃だよ？

「お、お、お、おま、おま、おま、なななな何やって……」

「ぷくくく。アキラくん、顔おもしろ〜い！　変な顔〜！」

『変な顔〜』じゃありません！　なんでお前、蹴りを喰らわせたの？」

「へ？　だって、アキラくんが首チョンパ駄目って言ったから」

「いや、それは言ったよ。でも、敵じゃないとも言ったよね？」

「やだな〜。いくら私でも、それくらい覚えているよ」

天音がひらひらと手を振って言った。

「じゃあなんで蹴り入れたの？」

「だから、首チョンパ駄目で敵じゃないから？」

微妙に疑問形なのは何故？

「だから、敵じゃないのに、なんで攻撃すんだよ！　攻撃しちゃ駄目だろ？」

「え〜、なんで？　ゲームだから、とりあえず攻撃すればいいんじゃないの？」

「いや、ゲームでもとりあえず攻撃すんな！　最近のゲームは攻撃したかどうかでエンディング変わるんだぞ⁉　お前のような奴がいるから、世界から争いが消えないんだ！」

「なんかよく分からないけど、いまアキラくん、いいこと言った？」

駄目だ、こいつ。早くなんとかしないと。

「ああっ！　村で一番強いゾンさんが一撃でやられたぞ⁉」

「騎士団に所属していて、たまたま実家に帰っていた現役の騎士が一撃で⁉」

なんだろ？　聞いてもいないのに、どんどん情報が入ってくる。こいつら実はＮＰＣだったりする？

「気を付けろ。あの獣人ヤバいぞ」

「おい、誰か冒険者を呼んでこい！」

やばい。ますます剣呑（けんのん）な感じになってきた。

「待て！　俺たちに戦闘の意思はない！」

「不意打ちでゾンさんを蹴飛ばしておいて、なに言いやがる！」

ですよね〜。

なんか今の感じだと話し合いは無理っぽいな。異世界転移だとしたら、彼らは普通の人間だ。殺意を向けられているとはいえ、やっぱり人間を殺すのには抵抗があった。

おバカキングの天音だって、殺人は嫌だろう。

ここは一時撤退が無難か。

「みんな！　逃げるぞ！　ついてこい！」

俺が走り出すと、戸惑いながらも、乳ヶ崎たちはついてきた。

おバカの天音も素直についてくる。文句のひとつでも言うかと思ったが、もしかしてこいつ、何も考えてないんじゃなかろうか？　いや、何も考えてないから、キングなんだった。

「おい、待て！」

「逃がすな！」

「ゾンさんの仇だ！」

そうして俺たちは、村人の怒声を背中に浴びつつ再び森の中に入り、村人たちが追いかけてこないことを確認して足を止めた。

全力疾走してきたためか、天音以外のみんなの呼吸は荒い。天音は超上級種族だから、体力の設定値が高いのかもしれない。

「あんな、神輿屋くん」

小日向がおずおずといった感じで話しかけてきた。

「山田さんがおらんよ？」

「え？」

一難去ってまた一難というやつだった。

◆最後に見たのはいつ？

山田がいないって？

何かの間違いじゃないのか？

そう思って周囲を見回したけど、やっぱり山田の姿はなかった。

「……マジか？」

「つーか、女の子置いてくるなんて最悪」

桃井が吐き捨てるように言う。マゾだったら喜びそうな表情だったが、生憎と俺はマゾじゃない。正論だけに、反論できなかった。

いったいどこではぐれたのか？　最悪あの村に置いてきた可能性はあるが、さすがにそこまでバカじゃないと信じたい。

「誰か山田の姿を最後に見た者は？」

俺の質問に、全員が手を挙げた。

「はい。さっきの村で、ずっと地面に座り込んでいました」

「あの村にいたわよ」

「座り込んでいて、ぜんぜん逃げようと、せんかった……よ」

「なんか、村人に捕まってたねぇ」

「なんでお前ら、一言言わないの⁉」

思いっきり置いてきたの知ってるじゃん！

あのまま村にいたら危険だってわかるじゃん！

バカなの？　みんなバカなの？

そういや、こいつらみんなおバカだったね！

「……山田を助けに行く必要がある」

「なんかおもしろそうだね！」

天音（あまね）、お前は能天気でほんといいよな。

「このゲームって、倒されたら……どうなると？」

小日向（こひなた）の質問で、俺は重要な事実を伝え忘れていたことを思い出した。彼女たちは、ゲームをしていると思っていたのだ。危機感がないのも仕方ないだろう。彼女たちをバカ呼ばわりしたことを、ちょっと反省する。

「実は、この世界はエヴァミリオンじゃない。俺たちはおそらく異世界転移してしまったんだ」

俺の言葉をすぐに理解できる連中ではないので、時間をかけてゆっくりと説明する。

「じゃあ、ここで死んだら、本当に死んでしまうってこと⁉」

桃井が青ざめた顔で叫んだ。

「そうだ」

「——だったら」

天音が珍しく、真剣な表情で口を開いて言った。

「死ななければ、いいんだよね？」

ちょっとは何かを期待した自分をぶん殴りたくなった。

「それじゃ、山田さんはもう……」

「惜しい人を、亡くして、しもた……ね」

「お墓でも作ってあげる？」

「いや、お前ら諦めんの早すぎだろ⁉」

「え？　でも、普通に死んでなくない？」

意外と冷たい子たちなの⁉

「その可能性もあるけど、とりあえず助けに行こう的な発想はないわけ？」

◆山田　×　救出　×　大作戦

「おそらく戦力的には、俺たちが本気を出せば、あの村を滅ぼすのは容易い。だけど、現実に生きている人たちだから、怪我させたり殺したりするのは無しだ。それはいいな？」

俺の問いかけに、みんなコクンと頷いた。天音はふんふんふんと三回頷くので、ちょっと……、いや、かなり不安なのだが。

「だから、出来れば交渉でなんとかしたい。こちらに敵意がないことを理解してもらえれば、なんとかなると思う。そこでだ。乳ヶ崎に交渉役をやってもらいたい」

「え？　なんでチッチなの？」

「いい質問だ、桃井。さっきの村人の反応から、エルフは魔物というよりは人間に近い種族として認識されている。おそらく、ひとりならば友好的な態度をとってくれるはずだ」

「はいは～い！　しっつも～ん」

「はい、なんでしょう？　天音さん」

天音が大きく手をあげてくる。俺は嫌な予感がしながらも、天音を促した。

「お腹が減ったので、おやつ食べようよ」

「あ、それ、いいですね」

乳ヶ崎がまっさきに同意する。いや、お前ら状況わかってる？

「あのな、天音。その『おやつ』とやらはどこにあるんだ？」

「わかんないけど、お店とかに売ってないの？」

「いい回答だ。おそらく、この世界でも食べ物は街に売ってあると思う。だけどな、俺たちはお金を持っていない。それどころか、魔物だと思われているので、そもそも売ってくれない可能性もある」

「うわ～、びっくりだね」

　俺はお前のリアクションにびっくりだよ。

「そのためにも、村人と仲良くすることが大事なんだ。誰かさんが蹴りを入れたせいで、ほぼ絶望的になったけどな」

「へぇ～。酷（ひど）いことする人もいたもんだね」

「いや、蹴ったのお前なんだけど⁉　もう忘れちゃったの⁉」

　さすがはキング。マジで頭ん中どうなってんの？

「じゃあ、私が天音さんの分まで謝って、みんなと仲良くしてくればいいんですね？」

　乳ヶ崎が天使の笑みで言う。ただでさえ美少女だったのに、エルフ属性まで加わり、まさに天使の域まで可愛（かわい）さがアップした。いや、もはや女神と言っても差し支えないだろう。

　ああ、女神様。

　しかし……。

俺は、なんの危機感も抱いていない女神の笑顔に不安を覚える。

あの村人たちの様子からして、エロい要求でもしてくるんじゃなかろうか？

世間知らずで、エロ知識ゼロの乳ヶ崎は、無事に貞操を守れるだろうか？

「乳ヶ崎。ちょっとシミュレーションしてみよう。俺を村人だと思って受け答えしてくれ」

「はい。わかりました」

TAKE1

「先ほどはすみませんでした。私たちに敵意はありません。どうか仲良くしてください」

乳ヶ崎が丁寧に頭を下げて謝ってくる。どこか高貴な感じがする乳ヶ崎が下手に出た態度をとると、男としての本能がくすぐられるのを感じた。

ぶっちゃけ、もっとマウントを取ってやりたいという気持ちになる。

俺でさえこんな気持ちになるのだから、こちらに恨みを持つ村人は歯止めが利かなくなるんじゃなかろうか？

「はぁ？　謝ったくらいで許されると思ってるのか？」

俺は如何にも悪人っぽい感じで言い放った。

桃井が「うげ〜」とドン引きした顔をしたが、あえてスルーする。

「え？　許してくれないんですか？」

乳ヶ崎が上目遣いで問いかけてくる。

女神の上目遣いだ。

めちゃくちゃ可愛くて、マジで理性がヤバい。

「と、当然だろう。なんでも言うことを聞くと約束するなら別だがな」

さあ、乳ヶ崎。ここは断れよ。

こんなわかりやすい手に引っかかるなよ？

「わかりました。なんでも言うことを聞きますから、許してください！」

あ〜、言っちゃったよ、この人。

この可愛さで、そんなこと言うなんて、よく今まで無事だったね。「なんでも」の表現が曖昧過ぎて想像できないのか？　もっと具体的にヤバい要求をしてみるか。

「なんでも言うことを聞いてくれるんだな？　だったら今からお前を縛り上げるから、じっとしているんだぞ」

「はい。わかりました！」

元気に返事しちゃったよ、この人。

「あのな〜、乳ヶ崎。それは断れ」

「え？　なんでですか？」

　本気でわかってないようだ。

　しかし、純真無垢な乳ヶ崎に対し、「エッチなことをされちゃうだろ」とは言いにくい。絶対に「エッチなことってなんですか？」と返されちゃうパターンだ。

「ああ～、え～とだな。紐で縛られたら動けなくなるだろ？　そしたら反撃できない。こちらと仲良くしたいなら、そんなことは絶対にしてこない。騙して、こちらを倒そうとしている証拠なんだ」

「わぁ、なるほど！　勉強になります！」

　TAKE2

「先ほどはすみませんでした。どうか仲良くしてください」

「はぁ～ん。だったら、紐で縛るからじっとしていな」

「お断りします。紐で縛るのは悪い人です！」

　さすがは優等生の乳ヶ崎。天音とは違い、学習能力がある。ならば、ちょっとした応用だ。

「それなら、武器を置け」

「わかりました」

乳ヶ崎はあっさりと武装解除をした。う〜ん。

「目を閉じて、しばらく動くな。ロープっぽいのが体に巻きつく感じがするかもしれないが、勘違いだから動くなよ」

「はい。わかりました」

やっぱり、この子。どっか抜けてるな。

「……乳ヶ崎、それは紐で縛られるのと同じだからな」

「言われてみればそうですね。気づきませんでした」

TAKE3

「先ほどはすみませんでした。仲良くしましょう！」

「なら、仲直りの印に、この飲んだら眠くなるドリンクを飲んでもらおうか？」

「わぁ、美味(おい)しそうですね。ありがとうございます」

乳ヶ崎は、嬉(うれ)しそうな笑顔で快諾した。

こりゃ、駄目だ。

◆こうなったら小細工なしで

「で、どうすんの？」

数回に及ぶ乳ヶ崎とのやり取りを見て、桃井が呆れたように言った。

箱入り娘で、言われたことはきちんと守れる優等生の乳ヶ崎は、勉強で高得点を取れても、悪意に対してはまったくの無防備だった。

ひとりで行かせたら、エロゲ展開になることは火を見るより明らかだろう。

「みんなで行くしかないな」

俺はため息交じりで答えた。

まぁ、乳ヶ崎がこんな性格だから、そもそもゲーム部をつくることになったんだよな。

村を離れてから結構な時間が過ぎている。正直、山田については暗い想像しか浮かばなかった。

山田も黙っていると普通に可愛い。生きているとしたら、エロ目的で生かされている可能性か？　ただ、天音も桃井も、乳ヶ崎に劣らず可愛いのに騒がれてなかったから、美醜よりも種族的な価値のほうが高いのかもしれない。

……とにかく、急がなきゃ。

俺たちは体力を温存しつつ、速足で村へ向かった。

しばらくして、村が目視できる距離までやってきた。

「美味しい物あるといいね」

「山田さん、無事だといいですね」

能天気な天音と乳ヶ崎が緊張感のない会話をしている。

この部分だけを見ると、美少女ふたりが仲睦まじい感じで映えるんだが、状況が状況だけにすんなり萌えることはできない。

「あれ？　お祭りかな？　なんか騒がしいよ」

天音がウサ耳をピクピクと動かして言った。獣人族である天音は耳がいい。俺たちには届かない音を拾ったらしい。

「はぁ？　お祭りなんてするわけないでしょ？」

桃井の指摘はまっとうだ。さっきまで戦闘があった場所でお祭りはあり得ない。

「でも、騒いでるよ？」

「ウチらを、追い払った、お祝い……やろか？」

「お祭りだったら、食べ物があるってことですよね？」

乳ヶ崎の科白に、

「うほほ～い！　未来ちゃん、一番乗り！」

天音がまっさきに駆け出した。

「こら、待て！」

「料理は早いもん勝ちだよ～。にょほほ～！」

キングオブおバカの天音には、制止の言葉は届かない。

「くそっ！」

嫌な予感がする。

俺も天音に続いて駆け出した。俺が走りだしたことで、ほかのみんなもついてくる。

バラバラになるよりは一緒のほうがいいだろう。

俺はみんなと一緒に村に向かった。

村に近づくにつれて、喧騒の正体がわかってきた。

それは――

「ふはははははは！　真祖の血を引きし、この不死身のスライムに、ゴミどもが敵うと思うなよ！」

山田がノリノリで村人とバトルしている音だった。

「おい、山田！　無事だったのか!?」

「あ、師匠！　くふふふふ！　いったい誰に物を言っているのだ？　我は最強にして最強の吸血鬼スライム――その名は――あがぱっ！」

山田の言葉が終わらないうちに、その頭に村人の棍棒がめり込んだ。憐れ、山田の頭は真っ二つに割れてしまった。

「きゃあああ！」

「ひぃいいい！」

桃井と小日向が抱き合って悲鳴をあげる。

俺だって悲鳴をあげたい気持ちだった。

俺が話しかけたせいで、無事だった山田が死んでしまったのだ。

「ちくしょう！　山田ぁあああ！」

「はい、なんですか？　師匠」

あっけらかんとした山田の声。

「へ？」

俺を初めとして、おバカたちもキョトンとした表情となる。

「必殺！　吸血鬼流奥義！　バーニング・焰・灼熱・バーニングパンッ！」

山田がやたら燃えすぎて、焦げてそうなパンの名前を叫んで、棍棒で殴りつけてきた村人を殴った。

ぺちっ、しょぼい音が聞こえて、村人がわずかに後ずさる。

山田の頭にめり込んでいた棍棒も外れた。

そして、棍棒が消えた山田の頭部は、ぷるんと揺れると何事もなかったかのように、元の形に戻ったのだ。

「ちくしょう！　駄目だ。やっぱり攻撃が効かねえ」

「くそっ！　これでも喰らえ！」

今度は別の村人が、剣で斬りつけてきた。

憐れ、山田は刃の餌食となる。

しかし、剣は山田の体をするりとすり抜けていった。まるで、水でも切ったかのようだ。

「ふはははははは！　我にそんなザコ攻撃は効かぬ！　喰らえ！　必殺の超光速ソニック・ドップラーキッ！」

山田が速いのか遅いのかよく分からない蹴りで、斬りつけてきた村人を攻撃する。

実際の蹴りは普通の速度だったので、あっさり村人にかわされていた。

「え？　どういうこと⁉　なんで、あの子死なないの⁉」

桃井が疑問を抱くのも当然だ。

取り囲んだ村人たちから、殴る斬る突くなど、さまざまな物理攻撃を受けているにもかかわらず、山田は無傷だった。

俺はなんとなく、その理由に気づいていた。

エヴァミリオンでもスライムは雑魚キャラだ。しかし、ＭＯＢＡで登場するにあたり、バランス調整が取られた。

物理攻撃無効。

物理系アタッカーの壁役として、最強のポジションを与えられたのだ。

しかし、基本的にステータスは最下位で、魔法攻撃は普通に効くので、あくまで物理系のタンクとしてしか役に立たない。過剰な自信は禁物だ。

「え？　じゃあ、あいつらの攻撃で死ぬことはないってこと？」

俺の説明を受けた桃井が、確認するように聞いてきた。

「そうだな。山田が無事だったのも、村人に魔法が使える奴がいなかったからだろう。そして、山田自身のステータスも低いから、村人も無事なまま時間が過ぎたってことだ」

おそらく、取り残された山田は村人に襲われ、そこで自分の不死身に気づいたのだ。吸血鬼に憧れる山田が、ヒャッハー状態になったのは当然の結果だと言える。

何はともあれラッキーだった。

双方に被害が出ていないなら、まだ交渉の余地はある。

……。

…………。

…………ゾンさん、無事かな。

「山田！　戦うのをやめろ！」

「ふっ、師匠。我を心配する気持ちはわかる」

「いや、心配してねえから！」

「だが、不死身のスライムになった我に敗北の二文字はない！」

「俺の話を聞けよ！」

「でも、山田さんの攻撃も効いてませんよね？」

「勝てないんじゃない？」

乳ヶ崎と天音が、ブスブスと言葉のナイフを突き立てていった。物理攻撃は無効でも精神攻撃までは防げない。

「そ、それは……。え～と、なんというか……。そ、そのうち倒せるんだからな‼」

アドリブに弱い山田は、半泣きになりながら、やたらめったら攻撃をはじめた。まるで小学生と大人の喧嘩だった。

しかし、大人のほうの攻撃は一切効かないため、シュールでおもしろくもない戦闘シーンが延々と繰り返されている。

なんというか……。

「無様だな」

予算のないラノベ原作のアニメのほうが、まだ良い動きをするだろう。

「どうすんのよ？」

「わからん。なんとか止めたいんだが、バカの思考は俺にはさっぱりだ。桃井、お前なら分かるんじゃないか？」

「はぁ？　バ、バカにしないでよ！」

桃井が顔を真っ赤にして抗議する。意外に空気が読める桃井は、周囲からの視線を気にする性格だったりする。自分がおバカキャラとして扱われるのは、不愉快らしい。ちょっと言い方をしくじってしまった。

「小日向。何かアイデアはないか？」

「え？　う、ウチ……？」

小日向は、戸惑ったように顔を背けながら、やがて小さな声で答えた。

「お、おやつの時間……って言えば」

いや、この状況で食欲のほうが勝るか？

「それいいね！」

「ナイスアイデアです、小日向さん！」

天音と乳ヶ崎が同意してくる。意外に効果があるのか？

モノは試しと、俺は山田に向かって叫んだ。

「山田！　そろそろおやつの時間だぞ！」

果たして、どうなるか？

「我を見くびるな！　おやつなど、この無礼者どもを屠るに比べれば些末な問題！」

やっぱり、駄目じゃねえか。そりゃ、そうだろうな。

ぐ〜。

そのときだ。誰かのお腹が鳴った。

山田がお腹を押さえて、ちょっと恥ずかしそうな顔をしている。

「まぁ、こいつらはいつでも殺せるからな。さ、先におやつの時間にしてやっても良いぞ」

効いた⁉

マジでこいつら大丈夫か？

「で、師匠。今日のおやつはなんだ？　我はプリンを所望するぞ」

あ、そういや、おやつないんだった。

「それが、おやつはないんですよ」

乳ヶ崎があっさりとバラしてしまう。

「な、ないのか⁉　しょんな〜」

「はい。だから村の人たちに、何か食べ物を分けてもらおうと思って」

「というわけだ。愚民ども。この高貴なる吸血鬼スライムに食べ物を貢ぐがよい！」

いや、山田。敵対関係のある相手にその言い方だとな。

「ふざけるな！」

「誰が魔物なんかに食い物をやるか！」

「飢えて死ね！　雑魚スライムめ！」

ほらな。大ブーイングだよ。

「それなら、条件付きで考えてやってもいいぜ」

ひと際大きな声が聞こえてきた。人垣を割って、髭面（ひげづら）のおっさんが現れた。

「ラマさん⁉」

「村長の息子で、村の実質的支配者のラマさんが、なんでそんなことを⁉」

あ、うん。説明ありがと。

「ひとつ、今後一切この村には近づくな」

まぁ、妥当な条件だろう。

「ふたつ、そのエルフの姉ちゃんとサキュバスの姉ちゃんは置いていけ」

やっぱり、それか。そんなの――

「わぁ、良かったですね。食べ物もらえるそうですよ」

「だから乳ヶ崎。それは断ってね⁉」

さっき指導した時間を返せ。まったくの無駄じゃねえか。

「師匠。食べ物を渡さないなら、力尽くで奪えばいいじゃないですか？」

山田が、さも当然のことのように言った。

いや、それってまんま、魔物の発想だから。マリー・アントワネットもそんなことは言ってないから。

「くそっ！　馬鹿にしやがって！」

山田の科白に、村人たちも再び臨戦態勢をとりはじめる。

このままじゃ埒(らち)が明かない。

そう思ったときだ。

「貴様たちが村を襲った魔物どもか！」

凛(りん)とした声が響き渡った。

◆正義の冒険者、登場⁉

「な、何奴⁉」

山田が如何にも悪者っぽい科白を吐く。それ、フラグじゃね？

人垣が割れて、声の主が姿を現す。

青を貴重とした衣服に、マントの付いたプレートアーマーを装着している女剣士。

腰にぶら下げた剣の鞘(さや)には瀟洒(しょうしゃ)な模様が描かれていて、明らかに村人の持つ武器よりも上等な代物だった。

彼女の後ろにも、三人の女性がいて、その出で立ちから、魔法使い、僧侶、ガードといった職業が想像できる。

「ギルド所属の冒険者パーティが来てくれたぞ！」

「冒険者だ！」

なんとなく想像はしていたが、やはりそういうことか。

となると、向こうは戦闘のプロ。

軽い気持ちで戦いを挑めば、手痛い反撃を被りそうだ。ここは慎重に――

「ふはははは！　雑魚冒険者が何人来ようと、この不死身の吸血鬼の化身であるリリス・サラスヴバーディ・塩麹の敵ではないわ！」

やっぱりか、山田。なんとなく展開は読めていた。あと、毎回名前が適当なのは理解したが、塩麹は食べ物だぞ？

「不死身？」

魔法使いが、近くの村人に尋ねる。

「そうなんですよ。あいつには剣も棍棒も効かねえんだ！」

「じゃあ、物理攻撃無効持ちなんじゃない？」

ああ、あっさりと見抜かれた。これはヤバいぞ。

「山田、逃げろ！　あいつらとは相性が悪い！」

「ふふふ。師匠、心配は無用だ。我を誰だと思ってる？」

いや、バカだろ？　なんの取り柄もないバカだろ？

「ジーク・ファンファレ（中略）ヴィシャーテ、炎の弾（アッチー）」

案の定、魔法使いの少女が杖（つえ）を振って炎系魔法の「炎の弾（アッチー）」を撃ち放った。

火の玉が、「そんなもの効かぬ」的な態度でふんぞり返っている山田を包み込む。

「ぎゃあああああああああああああああああああ！」

山田が悲鳴をあげた。

「熱い、熱い！　死ぬぅ！　死ぬぅううううう‼」

地面の上を転げまわって、やっとのことで火が消えた。

「し、師匠！　あれはなんですか⁉　まるで火で焼かれたみたいに熱かったんですけど⁉」

「いや、比喩表現を使うなよ。お前は実際に燃えていた。危うく死ぬところだったんだぞ？」

「でも、我は不死身のはずでは？」

蛆（うじ）が湧いていた脳みそが炎で浄化され、山田は人の話を聞くモードに入っている。日頃から、こういう素直な感じだと可愛いんだが。

今は長々と話をしている余裕はないし、スライムは雑魚だから的な話をして、またいじけられるのも面倒だ。

分かりやすく、速やかに状況を伝える必要がある。

「山田、よく聞け。最強の吸血鬼にも弱点はあるだろ？」

「はっ！　そ、そういえば⁉　十字架や木の杭や、ニンニクに太陽など、たくさんあります！」

よくよく考えれば、吸血鬼って無駄に弱点多いよな。

「それと同じで、山田の弱点は魔法なんだ。魔法攻撃を喰らったら、ほぼ即死する」

「な、なんと⁉　最強であるが故に、そんな弱点が⁉」

普通に考えれば、魔法で即死の時点で、最強なわけないからな。

「そして驚くことに、このエヴァミリオンというゲームは闇のゲームでもあるんだ」

「闇のゲーム⁉」

山田の目がキラキラと輝きはじめた。頭のアホ毛が、興奮した犬の尻尾みたいに揺れている。

「そうだ。だから、このゲームで死んだら、現実世界のお前も死ぬ」

実際は異世界転移しているだけなので、その話をしても良かったが、山田の奴、意外にアドリブに弱いからな。頭が付いてこない可能性があった。短い時間で状況を理解させるには、こっちのほうが良いだろう。

いま伝えるべきは、ここで倒されたら、本当に死んでしまうという事実だ。

「ふふっ。くははははは！　闇のゲームじゃと？　なんと素晴らしいゲーム……え？」

中二病モードだった山田が、素の表情に戻った。

「死ぬって……え？　師匠……。え？　どういうことです……か？」

さすがはアドリブとメンタルが弱い山田。実際に死ぬと聞いて、目の奥から光が消えた。

ぷるぷると震えながら、目尻に涙の粒を溜めるたる表情は、守ってやりたいという男心をくすぐってくる。こいつ、中二病さえなくなれば、普通に男にモテるんじゃね？　ロリコン限定だけど。

「だから山田は、魔法攻撃を喰らうと、リアルに死んでしまうんだ」

「えっと、それってつまり、山田は魔法攻撃を喰らうと、リアルに死んでしまうということですか？」

「うん」

「……」

「…………」

「ひぃいいいいい！　し、死にたくないです～!!」

状況を理解した山田が、俺の服に縋すがりついてくる。正直、うざったいが死の危険を理解してくれただけでも上々だ。

刹那、殺気を感じた俺は、山田を抱きかかえて、その場から飛びのいた。

先ほどまで俺がいた場所を炎の塊が直撃する。

「あら、ゴブリンにしては、良い動き」

どこか淡々とした口調で魔法使いが呟いた。

「桃井、山田を頼む」

「はぁ⁉　なんであたしが？」

「ブラックマジシャンは魔法耐性が高いんだ」

「お願いしますぅ〜。我を助けたまえ〜」

「し、仕方ないわね」

山田に泣きつかれた桃井は、なぜかちょっと嬉しそうな表情で山田を背中に隠した。意外に他人に頼られると喜ぶタイプなのか？

「へえ〜。ゴブリンのくせに多少は知能あるようじゃねえか」

挑発的な態度で、女剣士が煽ってくる。

「待て。俺たちに戦う意思はない。交渉させてもらえないか？」

「はぁ⁉　卑劣な性欲モンスターの分際で命乞い？」

「エロいことしか考えていないくせに」

「女の敵」

「ドスケベ、変態！　バーカバーカ！」

「だからなに⁉　その評価！」

さんざんな言われようじゃね？　俺だって傷つくんだからな！

「あんた、やっぱり」

桃井が、再び蔑んだ目で俺を見てきた。そろそろマゾじゃない俺も、快感を覚えてくるぞ。

「いや、だからゲームの設定だって。二回目なんだから、そろそろ学習しろよ」

呆れたように答えてから、俺は冒険者たちに向かって叫んだ。

「少しは現実を見てくれ！　俺たちは村を襲ったりはしていない！　魔物ってだけで恐れられているだけだ！」

「当然じゃない。魔物は即排除。いるだけで目障りなの。あんたみたいなゴミモンスターと話すだけ時間の無駄よ」

女剣士の態度から、魔物がどうしようもなく嫌われていることが理解できた。

「俺たちは村人になんの被害も与えていない。それなのに、話すらできないのか？」

「嘘だ！　こいつらはゾンさんに大怪我させた！」

話を聞いていた村人が吠えた。

ああ、そういえば、そうだったね。忘れてた。

大怪我ってことは死んではいないのね。とりあえず良かった。

「正当防衛だ」

「はぁ？　なんだよ、それ？」

「きっと、エッチな単語よ」

「マジで脳みそ性欲でできてるわ、あいつ」

馴染みのない言葉を聞いた冒険者たちが、眉をひそめて言った。

「いや、ちげえよ！　知らない単語使ってごめんね。村人が襲ってきたから、仕方なく反撃したって意味だよ！」

「だから、なんなの？　あんたたちが村人を傷つけたかどうかなんて、どうでもいいの。魔物だから殺す。それだけよ」

駄目だな。話が通じない。

こうなれば、イチかバチか。

「俺たちは今でこそ魔物の姿をしているが、実は人間なんだ！　だから、人間に危害を加える気はない。元の姿に戻る方法を探している」

俺の科白に、冒険者たちは目をぱちくりさせた。

そして次に、大爆笑。

「あはははは！　俺は人間だって、バカじゃねえの？」

「エロいことばっか考えてて、脳みそ腐ったんじゃない？」

「馬鹿だ！　やっぱり馬鹿だよ、あいつ！」

「頭ん中、エロだらけなの？」

ちくしょう！　なんか、めちゃくちゃ傷ついたぞ。

「事実だ！　少なくとも俺たちに、敵意がないことだけは理解してほしい」

「寝言は死んでから言えよ。エルフとサキュバスは金になるから生け捕り。それ以外は、ここでぶっ殺す！」

刹那、女剣士の全身から殺意が漲ってきた。どうやら話はここまでらしい。

相手の強さは不明だ。けれどもゴブリン相手に呼ばれるような相手だから、そこまで強くはないだろう。

そういう意味では、倒してしまうのは簡単だった。

けれども一度でも明確な敵対関係をとれば、関係修復は不可能だろう。

それに、ギルドの立場としては、この冒険者たちが倒されたとしたら、金額を釣りあげて、もっと強力なパーティを寄越してくるはず。終わりのない復讐劇になるのは勘弁だ。

戦うのはやはり不味いかもしれない。

どうする？

と、そのときだった。

◆そういや天音のアバターってレアだったな
「ちょっと待って。あの獣人、ボーパルバニーじゃない？」

魔法使いが、動揺した口調で言った。

冒険者たちの視線が、天音に集中する。

「…………」

しばしの無言。

「いや、ボーパルバニーがこんな所にいるはずねえだろ?」

「そうそう。ボーパルバニーなんかいたら、うちのギルドなんて全滅だよ～」

「嫌だなぁ～。ラテは冗談が好きなんだから。あははははは」

どうやら冒険者たちは、現実逃避を選んだらしい。

「え? でも、あの特徴は……」

もしかしたら好機かもしれない。

「いや、こいつはボーパルバニーだぞ」

俺の科白に、冒険者たちは引(ひ)き攣(つ)った顔をした。

「や、ややややっぱり、ゴブリンは卑怯(ひきょう)だな。そ、そそそんな嘘に騙される俺様じゃないぞ」

女剣士はめちゃくちゃ動揺していた。わかりやすいな、こいつ。

「そっちに『鑑定(サーチ)』の魔法を使える奴はいないのか? 嘘だと思うなら、使ってみろ」

先ほどの「炎の弾(アッチー)」といい、こちらの世界の魔法は、スキルと同じで、エヴァミリオンで登場するものと同じだった。だからおそらく「鑑定（サーチ）」の魔法も存在するはずだ。

冒険者たちは互いに顔を見合わせて、覚悟を決めたように頷き合った。

魔法使いが杖を掲げて、「鑑定（サーチ）」の魔法を発動させる。

魔物の知識があれば無用の長物で、ＭＰの消費は多いし、やけに時間がかかるしで、実戦では人気のない「鑑定（サーチ）」だったが、魔法使いであれば、基本的に習得している魔法だ。

やがて魔法を終えた魔法使いが、長いため息をつく。

「で、ラテ。どうだったの？」

恐る恐るといった感じで、僧侶が問いかける。

「……ボーパルバニーだった」

「な、なんですとぉおおお！」

冒険者たちは魔法使いを除いて、めちゃくちゃパニック状態になっていた。見ていて可（か）哀想（わいそう）なくらいだ。

「くそ！　卑劣なゴブリンめ！　ゴブリンのくせにボーパルバニー従えてるとか卑怯だろ！　嘘の情報で俺様たちを騙したな！」

「いや、俺が言ったわけじゃないし」

「ああ、駄目だ。殺されるぅ！」

「殺されるくらいならまだマシよ！　私たちはあのゴブリンに一生、性家畜として飼われるのよ！」

「そんなの、嫌ぁあああ！　もう、殺してよぉ！」

「やっと痔が治ったばかりなのに！」

「いや、そんなことしないからさ」

「ゴブリンの言葉なんか信用できないわ！」

俺にどうしろと？　少しは話を聞けよ。

「くそぉ！　こうなったら、俺様と一対一の勝負をしろ！　勝ったほうが負けたほうの言うことをなんでも聞く。いいな⁉」

女剣士が剣で俺を示しながら叫んだ。

「うん、いいよ」

なぜか天音が承諾した。

「ぎゃあああああ！　あ、あんたじゃない！　お、俺様はゴブリンと戦いたいの！」

女剣士が慌てて否定する。どんだけビビってんだ？

ヘルライガーとの戦いで理解したことだが、俺の強さは天音よりも上だ。この態度から察するに、一対一の戦いならば、まず負けることはないだろう。

これは渡りに船だった。

この勝負に勝つことで、有利に交渉を進められそうだ。

「わかった。受けて立つ。約束は絶対に守れよ」

「よっしゃぁああ！　待ったは無しだぜ！」

「ちょっと待って」

制止したのは魔法使いだ。

「な、なんだよ？　せっかく頭が空っぽのゴブリンを騙せたんだぜ？」

おい、こら。聞こえてるぞ。

「おそらくあのゴブリンは、向こうのリーダーよ」

「わかってるさ。だから一対一の勝負を申し込んだんだよ」

「それなのに、ボーパルバニーをはじめ、自分よりも格上の魔物を従えている。それはつまり——」

女剣士がはっとした表情になった。

「めちゃくちゃ性欲が強い？」

「ちげえよ！」

俺は全力で否定した。

「じゃあ、エロテクが半端ない」

今度はガードが言った。

「それも違うから！」

俺に言わせんな。悲しいだろ。

「ああ見えてお金持ち」

僧侶も参加してきた。

「貧乏だ！」

「イチ●●が巨大だ」

「……」

「どうやら違うらしいわね」

「いや、勝手に決めるなよ！」

「じゃあ、デカいんだな？」

「そんなこと訊くんじゃありません！」

俺は黙秘権を主張した。

「ねえねえ、タロウくん。●●モツってなに？」

「だから、訊かないで⁉」

「おそらくは内臓料理の一種かと。モツは内臓の料理ですから」

乳ヶ崎がズレた回答をしたが、俺はあえて否定しなかった。

つーか、うすうす感じていたけど、あの魔法使い以外、結構おバカじゃね？　こっちの住人って、思った以上に、バカが多かったりするのか？

「いや、違う。そっち系じゃない」

魔法使いが顔を横に振りながら言った。

「結論から言うと、あのゴブリン、結構強いんじゃないかしら」

魔法使いが眼鏡の奥から、見定めるように俺を見つめてくる。

ほかの冒険者たちも、俺に鋭い視線を送ってくる。

ややあって、女剣士は何かに納得するように頷くと、再び声を張りあげた。

「だったら、貴様ひとりで俺様たちのパーティと勝負しろ！」

「え？　いや、それはちょっと……」

魔法使いが動揺したように口を挟んだ。

まあ、普通はそうだな。

あまりにも向こうに有利すぎる条件。

その時点で、俺が承諾するわけがない。そもそも俺たちのほうが有利なんだから、「そんなわけわかんないこと言うなら、全員で襲いかかってやる」と言えば済むことなのだ。

だが、俺の口からその科白は出てこなかった。

「どうした卑劣なゴブリン。怖くなったのか？」

その言葉、そっくりそのまま返してやりてぇ。

しかし、俺は黙っていた。

頭の中で思考をフル回転させる。

俺の実力であれば、一対四でも負ける気はしない。

だが、パーティの戦力は足し算ではない。組み合わせ次第では掛け算になってしまう。

特に恐ろしいのが、バッドステータスやバフ・デバフなど。

ボーパルバニーは超上級種族のため弱体耐性もずば抜けているが、ゴブリンである俺は違う。

眠りや麻痺(まひ)で動きを封じられれば、負けてしまう可能性があった。

けれどもエヴァミリオンでは、麻痺系の攻撃は当たらない限り大丈夫だし、眠りも呪文が発動する前に倒してしまえば、防ぐことはできる。

対処法も含め、勝てる自信はあった。

ないのは覚悟。

ギャンブルでも掛け金が高いと慎重になるのと同様、死のリスクがある今は、躊躇(ちゅうちょ)する気持ちのほうが大きい。

どうする？

「ふはははははは！　もちろん受けて立つぞ！　我が師匠が臆することなどありはせぬ！」

「こら、山田！　勝手に決めるな！」

「だって、……し、師匠がバカにされて――」

意外にしおらしい答えだった。

「師匠は我がもっとも尊敬する人なんですから。あんな雑魚どもなんか、ひと捻りなんですから」

目尻に涙を溜めながら山田が悔しそうに言った。

「そうか。ありがとな、山田」

そんなふうに思われて、嫌な気持ちにはならなかった。中二病全開のおバカでも、女の子に尊敬されて喜ばない男子はいない。

「もう駄目だぞ！　今ので勝負を受けたからな！　取り消すの無しだぞ！」

女剣士がここぞとばかりに被せてきた。今さら断れば、無駄に揉めることになるだろう。

ある意味、腹が決まった。

向こうが油断している隙に、一気に勝負を決める。種族がゴブリンであるため、どうしても火力不足だが、逆に殺さなくて済む。怪我の功名ってやつだ。

覚悟が決まると同時に、俺の中にゲーマーとしての闘志が湧いてきた。

一対四の絶望的状況。それを知識とテクニックで攻略する。

この状況にワクワクしない訳にはいかない。

「もちろんだ。取り消すつもりはない。一対四の勝負を受けてやる。その代わり、負けたほうは勝ったほうの言うことをなんでも聞く。この約束を違えるなよ」

「よっしゃぁああ！　あいつ、バカだ！」

「さすがはゴブリン脳。バカで良かった！」

「所詮は低俗なエロザルってことよ！　きゃはははは！」

……こいつら、絶対に泣かせてやる。

「わかった。そこまで言うなら、貴様の申し出を認めてやろう！」

女剣士が勝ち誇ったみたいに言う。あれ？　立場逆転してね？

「ちょっと、大丈夫なの？」

桃井が心配そうな表情で尋ねてきた。

「なんだ？　心配なのか？」

俺はからかうように言ってやった。

「うん。そりゃ……。だって、相手は四人なんだよ。あんたが怪我でもしたら。あたし、そういうの嫌だから」

意外だった。桃井は本気で俺のことを心配してくれているらしい。ギャルだけど根は素直で優しい子なのだろう。

「大丈夫だ。俺を信じろ」

「……でも」

「大丈夫ですよ」

鈴の鳴るような声は乳ヶ崎だ。

「神輿屋さんなら、大丈夫ですよね？」

乳ヶ崎が疑いのない瞳で言う。その信頼が、整った顔立ちとミックスされて、眩しいほどに輝いていた。

仲間たちの想いが俺を後押しする。

油断はしない。けれども、勝てるという絶対の自信がある。それがｅスポーツで世界大会を制した男のメンタルだ。

「ああ、絶対に勝つさ。この戦いが終わったら、美味しいおやつを食べさせてやるからな」

「師匠、それは死亡フラグ」

「……あ」

「仲間との別れは済んだか？　ゴブリン」

女剣士が太々しい態度で言った。

「別れ？　冗談だろ？　その科白、そっくりそのままお返ししてやるぜ」

「上等！　このコインが地面に落ちたらバトル開始だ！」

言って、女剣士がコインを弾く。

コインがクルクルと宙を舞っているうちに、女剣士が腰を落とし、突進の姿勢のまま、腰に刺した剣の柄に手を添えた。

あの構えは、おそらくソード・スラッシュのスキル。剣を抜くと同時に、真空の衝撃波を放つ下級技だ。

こちらの様子を窺うことなく、全力攻撃を仕掛けてくる戦法。慎重というよりはぶっ放し系の性格。

格ゲーでいえば、いきなり飛び込み三連をやってくるタイプだ。

そして、コインが地面に落ちて――

「はぁあああああ！」

予想どおり、女剣士がソード・スラッシュを撃ち放ってきた。

俺はそれをあっさりとかわすと、即座に距離を詰めようとして――

「ぶぼっ！」

真横に吹っ飛ばされる女剣士の姿を見た。

「……へ？」

「えっへへへ。未来ちゃん、強～い！」

女剣士を蹴り飛ばしたのは、キングオブおバカこと、天音未来だった。

誰もが、言葉を失っていた。

最初に口を開くことができたのは、俺だった。

「あの、……天音さん。お前、何してんの？」

動揺のあまり、「さん付け」で呼んでしまった。

「何って、バトルだよ、バトル。嫌だなぁ～、タロウくんは」

「いや、俺はタロウじゃねえし。っていうか、なんでバトルしてんの？　俺ひとりと、あいつら四人の決闘だったよね？」

「え？　そうなの？　でも、一対四は卑怯だよね？」

「うん、まぁ、卑怯だとは思うけど、それでオッケー出したよね？　話聞いてなかった？」

「聞いてはいたよ。でもね、ちょっと、話が長すぎだったかなぁ～」

「それって、ぜってー、聞いてないだろ⁉」

「アイネぇえええええええ！」

冒険者の僧侶が絶叫して、吹き飛ばされた剣士に駆け寄っていく。

「アイネ！　しっかりしろぉおおお！　死ぬなぁあああ！」

気が動転した僧侶は、回復魔法も使わず、目を回している剣士を激しく揺さぶった。

「つーか、卑怯だぞ！　この馬鹿チンがっ！」

ガードの少女も批難してくる。

これぱっかりはなんというか、本当にごめんなさい。

「見たか？　やっぱり魔物は信用できねえ」

「二度も不意打ちを喰らわせやがって！」

「卑怯者め！」

一部始終を見ていた村人からもブーイングが起こった。

明らかに俺たちは悪人だった。

「ちょっと、どうすんのよ？」

桃井が焦ったように言う。

どうするも何も。

「一時撤退だ！　馬鹿野郎！」

四章

◆絶体絶命!?

俺たちはいま、命の危機に晒(さら)されていた。

戦闘によるものではない。

空腹によるものだ。

「お腹(なか)すいたねぇ」

さすがの天音(あまね)も弱ったような表情で言った。

「お腹がすきましたね」

乳ケ崎(ちがさき)も少し疲れたように同意した。

「師匠。我はもう一歩も動けないぞ」

弱音を吐いた山田(やまだ)が、地面に座り込んでしまった。

「ほんと、最悪」

しばらく無口だった桃井(ももい)も、小声で文句を言った。

「……」

小日向は無言だったが、その疲弊した顔は隠しようもない。

村を逃げ出した俺たちは、再び森の中に入り、なぜか俺たちを襲ってくる魔物たちと何度かバトルした。

村人にとって俺たちは魔物みたいだが、魔物にとって俺たちはなんなのだろう？

今のところ村人たちが追ってくる気配はなかったが、冒険者を倒してしまったので、森に追っ手が放たれる可能性があった。

急いでここから離れるべきだろう。

それにしても、おかしいと思う。

俺自身も感じていることだが、空腹に伴い、明らかに体力が落ちている。

まるでゲームの設定に「空腹パラメータ」があるみたいだった。

いや、それはあながち、間違いではないのかもしれない。

俺たちはゲームの種族の身体能力を持ち、スキルや魔法も使うことができる。

肉体的な常識が変化しているのだ。

現実の世界では、水だけで一週間は生きられるらしいが、それと同じだとは考えないほうがいいかもしれない。

「食べ物を探さないとヤバいな」

空腹がもたらす危機感は、リアルに命を脅かしてくる。

「でも、近くに村はありませんね」

乳ヶ崎の言うとおりだった。冒険者がいた村から逆方向へ向かっているのだが、森はますます蒼(あお)さを増すばかりで、開ける様子はない。

「さっきの村に戻ればいいじゃないの？」

「そうだな。天音の言うとおり戻ればいいなぁ」

俺はヤケクソ気味に皮肉を言った。

「じゃあ、戻ろうよ！」

「だから、出来ねーって！」

「神輿屋(みこしや)さん。少し怖いです」

乳ヶ崎に指摘されて、俺は我に返る。

どうやら苛立(いらだ)ちが態度に出ていたらしい。

今の状況に陥った理由のひとつに、天音が村人や冒険者を蹴飛ばしたことは否定できない。

けれども、すべてが天音のせいかといえば、そうでもない。異世界転移は誰のせいでもなく、みな被害者だ。

もう、ギスギスした人間関係は嫌だった。

俺がeスポーツの世界から去った理由のひとつに、メンバーとのいざこざがあった。

俺が天狗になっていたせいもあって、メンバーのミスを許すことができなかったのだ。

フォローするのがチームなのに、俺は仲間を見下し、下手さに呆れ、苛立ちをぶつけてばかりいた。

当然ながら、みな去っていき、試合には勝てても虚しさだけが残った。

ゲームって、こんなにイライラしながらするものだっけ？

何が楽しくて、ゲームをしているんだろう？

そして、俺は気づいた。

間違っていたのは、俺のほうだったんだ。

だから俺は今回、ゲーム部の部長になることになり、あることを心に決めてきた。

絶対に、仲間を責めない。

仲間のミスは俺がフォローする。それが、俺の役目だと。

「悪かったな。天音」

「ほえ？　どうしたの？」

「いや、ほら、怒っちゃっただろ？」

「えっ？　いつ⁉」

「そこすら気づいてなかったんかい！　俺のちょっとカッコいい反省シーンを返せ！」

反省して損した気分だぜ。

「……」

何を思ったのか、次の瞬間、天音が俺の頭を抱き締めてきた。

「は？　あ、天音さん、いったい何を⁉」

天音の張りのある胸の感触が、俺の頰を刺激してくる。動揺した俺は、思わず「さん付け」で呼んでしまった。

「うん。よくわかんないけど、ごめんね。ユキトくんも大変だったんだね。よしよしするから元気出してね」

どうやら俺を慰めてくれているらしかった。これが距離近い系美少女なりの謝り方だったらしい。

俺はユキトくんじゃないけども、もうユキトくんでもいいと思った。

「……どうでもいいけど、めちゃくちゃ顔がいやらしいんだけど」

桃井がジト目で抗議する。

俺はもう少しこのままでも良かったけど、周囲の視線が気になったので、お礼を言って天音の胸から離れた。でも、温（ぬく）もりは残ったままだ。

「あの……」

小日向がおずおずと口を開いてきた。

「森の中……で、何か食べられる物を探して、みらん？」

「ナイスアイデアだ、淫魔よ。我もその案に賛成だ」

「い、淫魔⁉」

山田の科白に、小日向はショックを受けたようだった。でも、マントの下はほぼ全裸なので、動くたびに白い肢体が見え隠れするから、実は結構エッチだったりする。チラリズムという性癖に目覚めそうだった。

「実は、俺もそれは考えていた」

「え？　後出しで言うの卑怯じゃない？」

「タロウくん、手柄の横取りはなしだよ」

桃井と天音が批難してくる。

「いや、ちげーよ。こんなレベルで自慢なんかしないって。俺が言いたいのは、そのアイデアには問題があるってことだ」

「どんな？」

「この世界はエヴァミリオンと同じ部分もあるが、エヴァミリオンにはもともと食事の概念がないんだ。つまり、経験者である俺でも、食材に関しては、まったくの素人ってわけだ。わかるか？」

「うん。わかるよ。つまり『経験者である俺でも、食材に関しては、まったくの素人ってわけだ』ね」

天音の奴、本当にわかってるのかな？　オウム返しに言われると、むちゃくちゃ不安なんだが。

「んん？　どういう意味だ？　師匠」

異世界転移の話をしていなかった山田は、ひとりだけ理解が追いついていないようだった。この機会に真実を伝える。

「では、闇のゲームじゃないんですね！　死なずに済むということですか⁉」

「山田。何を聞いてたんだ？　闇のゲームじゃなく、本物だから死ぬってことだ。ここで死んだら、マジで死ぬ」

「駄目じゃないですか⁉」

「それって、空腹でも死ぬってことなの？」

「ああ」

桃井の質問に、俺は頷き返した。

「だったら――」

天音が珍しく、思案するような真面目な顔をする。

「ちゃんとご飯食べれば、大丈夫ってことだよね？」

「……」

まあ、そんな予感はしてたけどな。

「さすがです！　天音さん！　そのとおりですよ！」

「えへへへへ。未来ちゃん、こう見えて鋭いところがあるんだよ～」

なんだろ？　乳ヶ崎と天音のやり取りが、茶番にしか思えない。

「それで？　どうすんのよ？　あんたのことだから、何かアイデアがあるんじゃない？」

意外にも桃井は、俺のことを頼りにしてくれているようだった。こいつ案外、可愛いところあるよな。

「この中にサバイバル経験者はいるか？」

「え？　サバイバルってなに？」

「いや、桃井。本気で言ってる？」

こいつ、サバイバルも知らないのか。

「ムカつく。何よ、その上から目線。すぐに英語使う奴の『俺頭いいんだぜ』アピールがウザい」

「いや、サバイバルを日本語で言う奴が少数だろ」

サバイバルの直訳は「厳しい条件下で生き延びること」だが、日本語にした時点で、違うニュアンスで伝わってしまう可能性大だ。

「私、なんとなく分かるよ～」

天音の科白に、桃井はショックを受けたようだった。成績最下位の桃井だが、キングオブおバカの異名を持つ天音だけには負けたくないのだろう。

「威張ってる鯖のことだよね？」

「…………」

うん？　あれ？

「ああ、全部日本語だったんですね？」

乳ヶ崎が驚いたように言う。

「ふ、ふん。そ、そそそそんなの、あたしだって知ってたわよ」

「いや、桃井。その言い訳は、いろんな意味で無理があるぞ」

「それで、鯖に威張られる経験に、どんな意味があるのですか？」

乳ヶ崎が俺に質問してきた。

「……乳ヶ崎。サバイバルって英語、聞いたことはない？」

「はい、ありますよ。厳しい条件下で生き延びるという意味で、主に文明のない状況で生活するときに使われますよね？」

「正解だよ！　模範解答だよ！　どうして鯖の話だと思ったの⁉」

まあ、笑顔が可愛いから許すけど。

「師匠は、サバイバル経験はないのですか？」

「ぶっちゃけ俺はガチのゲーマーだったからな。文明の利器がなければ、部屋に引き籠もるなんてできないだろ？」

「え？　でも師匠は世界中を飛び回って、悪の組織と――」

やべ！　そういや、そんな設定だった。

「山田！　シーッ！　シーッ！」

俺は慌てて、口の前に人差し指を立てた。

動揺した結果の動きだったが、指のすぐ前に山田の唇があり、ちょっとばかりドキッとする。こいつも一応、美少女だしな。

山田は、はっとした表情になって、周囲を警戒しはじめた。

「そうか、ここにも組織のエージェントが⁉」

いや、いるわけねえじゃん。

「さ、サバイバルやないけど、少しなら経験ある……よ」

おずおずといった感じで、小日向が手を挙げる。

「キャンプみたいなモノか？」

「お父さんの方針でな、文明の利器に頼った食材ばかり、やと、いざってときに生きていけん……からって」

「ああ、そのパターンか」

最近はなんでもコンビニやスーパーで手に入るため、今の若者は自力で食材をゲットできないんじゃないかって言われている。かくいう俺もその部類だけど。

それどころか、自分が日頃食べている物がなんなのかも知らない子供もいるとか。親の教育方針としては納得できるものだった。

「だからな、身近な物を、たくさん食べてきたんや」

うん？　あれ？　身近な物？　俺の学校はそこまで自然に恵まれたイメージなかったけど、そんなに食材あったっけ？

「具体的に何を食べていたんですか？」

乳ヶ崎が質問する。

「段ボール……とか」

「それは食材じゃねえよ！」

つーか、段ボールって思いっきり文明の利器じゃんか！

「でも、煮込んだら、普通に食べられ……るよ」

「そうなんですね？　知りませんでした」

乳ヶ崎が感心したように言った。

「いやいや感心しちゃ駄目でしょ⁉　段ボールだぞ？」

「そうだけどな……」

小日向がまるで悟りを開いたみたいな至高の表情で言う。

「大抵の物は、煮たり焼いたりすると食べられる……んよ」

……哲学だな。

けれども、段ボールを食って育った子が、こんなにもむちむちプリプリになるものなんだろうか？　つーか、ほぼ全裸にマントは目に毒だな。

「桃井。お前、いちおう魔法使いなんだから、『炎の弾（アッチー）』の魔法とか使えないか？　火があると便利だし。さっき冒険者が使ったやつだ」

「は？　無理だよ。やり方わからないもん」

「杖（つえ）を向けて、心の中で『炎の弾（アッチー）』と言ってみろ。そしたら頭の中に呪文が聞こえるから、それを復唱するだけだ」

おそらく呪文もエヴァミリオンと同じ仕様だろう。

プレイヤーにも賛否が分かれた仕様だが、呪文を丸暗記すると復唱よりも速く魔法が出せることと、早口言葉の練習も有利になる点が、「本物の魔法っぽくていいね」と、マニアックな人気を博すことになった。

俺が再度促すと、しぶしぶといった感じで桃井は魔法を唱えてくれた。

「あ、なんか聞こえてきた」

「おし！　じゃあ、やっぱり『炎の弾（アッチー）』は覚えてるってことだな」

「え？　ジー……、え？　速くてわかんない」

「落ち着け、桃井。慌てなくていい。何回でもやれるから」

　一応英語のリピート・アフタ・ミーみたいな感じで、少し待ってくれる時間はあるのだが、初めてだと戸惑いもあるだろう。

　ちなみに上級魔法になるほど、区切りが長くなり、暗記する文章量も長くなる感じだ。まあ、ガチ勢は事前に暗記してくるから、あんまし意味はなかったけど。

「え〜と、じーく・ふぁん……、え、なに？　わかんない」

「落ち着け。少しずつ覚えていくんだ」


　……数分後。

「ジーク・ふぁんふぁん……って、あれ？　また駄目だって言われた」

　桃井は一度も、詠唱魔法を成功させていなかった。

「だから、ジーク・ファンファレ（中略）ヴィシャーテだ。そろそろ覚えろよ」

「だから、あたしは覚えるの苦手なんだって！」

　さすがは学年最下位の桃井。ここまで暗記モノが苦手だったとは。本人的には頑張っているみたいだけど、如何(いかん)せん、実力が追いついていない。

　本人も泣きそうになっている。

「地面に文字を書いたらどうです？」

乳ヶ崎が妥協案を提示してくれる。それはそれでいいアイデアだったが――

「いや、あたし、横文字自体が頭に入ってこないから無理！」

桃井の反応を見る限り、徒労のほうが大きそうだった。

「まあ、火は別の方法でつければいいだろう」

「どうやるの？」

「摩擦熱だ。木を擦って火を作る。俺たちの身体能力は高くなってるから、たぶん大丈夫だろう。問題は食材のほうだな。食べられる物がわかればいいけど」

「段ボールは、ないし……」

「いや、あっても食べないから！」

小日向、ちょっと思考が怖えよ。大人しく可愛い感じだけにギャップが酷いぞ。悪い意味で。

「それっぽいのを探すしかないな」

というわけで、みんなで手分けして食材になりそうな物を探すことにした。

とは言っても、魔物がいて危険だし、基本みんなおバカなので、ある程度固まって行動した。

◆小日向さん、頑張る

「これが食材か……」

俺はちょっと不安になっていた。

汚れないよう、ジュラ紀にでも存在してそうな巨大な葉っぱの上に置かれている食材は、見るからに不気味な物ばかりだった。

まるで怪獣の卵のようにカラフルな果実。見るからに毒がありそうなキノコ。道端に生えてそうな草。というか、いろんな種類の草が、とりあえず集められたといった感じだ。

「果実やキノコは、まあ仕方ない。ある意味、基本だからな。草もまあ、百歩譲っていいだろう。だけどね、小日向さん。この大量の芋虫はなんでございますか⁉」

そう、巨大な葉っぱの上には、うねうねと蠢く、毒々しい芋虫が大量に這いまわっていたのだ。

「え？　芋虫は普通に、食べられる……やん」

小日向はあっけらかんと言い放つ。

いや、確かに日本でも蜂の幼虫とか食べてる人はいるけど、普通の高校生にとって、ハードル高くね？　しかもなんの幼虫かも不明だし。

「あたしは無理」

桃井が引き攣った顔で拒否した。山田、乳ヶ崎、そして意外にも天音までもが、げんなりした表情で拒否してくる。

「あとな、小日向。その手に持っている巨大なバッタはなに？」

そう、小日向は何故か、中型犬ほどもあるサイズのトノサマバッタを捕まえていた。

まるで小さい子供がぬいぐるみを抱くようにして抱えていて、だらんと垂れ下がった後ろ足と、こっちをまっすぐに見つめてくる両目が不気味だった。

「え？　バッタも普通に、食べられる……やん？」

「やっぱり、食べる気だったのね⁉」

いや、確かに昆虫食は見直されているし、今後は食べる機会もあるかもしれないけど、昆虫の生はハードル高いって。これ食べるくらいなら、空腹で死んだほうがマシかもな。

「す、すみません、小日向さん。ちょっと食べられる自信がないです」

乳ヶ崎が青ざめた顔に精いっぱいの笑顔を浮かべて拒絶した。さすがはガチのお嬢様。こんなときでも、ノブレスを崩さない。

「芋虫やバッタは、やめておこうか」

「で、でも、意外に美味しい……よ」

何を思ったのか、小日向は手に持っていたバッタの足をぽきりと折ると、がぶっとその足を齧った。

俺たちは、まるで雷が落ちたみたいに、ドン引きする。

小日向はこちらを気にする様子もなく、もぐもぐと咀嚼(そしゃく)して、バッタの肉片を呑(の)み込(こ)んだ。

「ほら。あんま美味しく、ないけど、ちゃんと、食べら――」

不意に小日向の科白が止まった。

見る見るうちに、小日向の顔が紫色に変色していく。

そして、バタンと後ろに倒れた。

「こ、小日向ぁああ!」


「……は？　あれ？　ウチ……いったい？」

何度か激しく揺さぶっていたら、ようやく小日向が目を覚ました。

「小日向、無事か？　意識ははっきりしているか？」

「うん。大丈夫……だよ。夢ん中で、死んだはずの、おじいちゃんと話……しとった」

「臨死体験してる⁉」

「そっか、ウチ、バッタを、食べて――」

意識を取り戻した小日向は、状況を思い出したようだった。

「あんな、これだけは、伝えておきたい……んや」

今にも消え入りそうな声で、小日向が囁くように言った。健気な態度が、小日向の大人しいキャラと相まって、どこか魅力的に思えてしまう。

「弱気なことを言うな、小日向！」

「ウチ、家の方針で、いろんな物を食べてきた……んや。そんで、お腹もたくさん壊して、きて。だからこそ、言えるんよ」

「……小日向⁉」

「あのバッタな。サキュバスの体じゃ、なかったら、たぶん……死んどった」

「ですよね！」

「――とりあえず、バッタや芋虫を手あたり次第食べるのは止めとこうか」

俺の提案に、みなうんうんと頷いた。

「さて、残った食材だが、ぶっちゃけ嫌な予感しかしない」

「た、食べてみんと、分からんと思う……よ」

この子、どっからそのやる気が出てくるんだ？

「俺たちには医療の知識はないし、回復魔法も使えない。いくら肉体が強化されているとはいえ、食中毒は危険だ」

何を思ったのか、天音がすんすんと鼻を鳴らして、果実の匂いを嗅ぎはじめた。

「何してるんだ？　天音」

「これ、美味しそうな匂いがするよ」

「確か、天音さんは嗅覚が発達しているんですよね？」

乳ヶ崎が確認するように尋ねる。

「ふはははははは！　我は閃いたぞ。獣の鋭敏な嗅覚をもって、大丈夫か否か嗅ぎ分ければよい」

山田の言うことにも一理ある。

「天音、食べられそうな食材とそうでない物を分けてくれ」

「おうよ。任せて」

そして、天音による食材の選別が行われた。果実などは、剣で半分に切って、中身を出した状態にしている。

試しに俺も匂いを嗅いでみたが、はっきりと違いを認識することはできなかった。

「で、誰が食べるのよ？」

結局はその問題に突き当たる。ほんと、初めての食材を初めて食べた人間を尊敬するよ。

「う、ウチがやる、よ。こういうの慣れとる……し」

名乗りを挙げたのは小日向だ。この少女の小さくてエロいボディのどこに、こんな情熱があるのか？　紫の薔薇でも送ろうか？

「こういうのはあんたの役目じゃないの？」

桃井の指摘ももっともだ。けれど——

「俺と天音は戦闘の要だ。いざってときに動けないのは困る。本人もやる気みたいだし、悪いが、小日向。頼む」

俺はゲーマーとして冷静な判断をした。ゲームに性別は関係ない。適材適所でそれぞれの役割を果たすべきだ。

小日向は頷くと、オレンジ色の割とザボンに近い感じの果実を齧った。

「どう？」

桃井が不安そうに尋ねる。

「ちょっと、ゲロ不味いけど、頑張れば、なんとか……」

小日向が口元を手で隠しながら答える。

え？　ゲロ不味いのかよ。

「段ボールとどっちが美味しいんですか？」

乳ヶ崎が、動機のわからない質問をする。

「断然、段ボールの……ほう」

段ボールより不味いって凄くね？　むしろ、味が気になってきた。

「それって大丈夫なの？」

「大丈――」

小日向の科白が途中で止まった。

なぜか小日向は、にこりと笑うと、そのまま猛スピードで草むらへ走っていった。

「無理だったか」

「無理だったね」

「無理なんですね」

やっぱ、むやみに食べるのはリスクがあるな。

「師匠、逆振りで、天音氏がNGを出した食材を食べてみるのはどうでしょう？」

「いいアイデアだ、山田。それで誰がそれを食べるんだ？」

「え？　いや、その……」

さすがに小日向のあの惨状を見て、食べようと思う者はいないだろう。

「あ、ウチが食べ……よっか？」

ちょっと青ざめた顔で戻ってきた小日向が、手を挙げてきた。

「いったい何が、そんなにお前を駆り立てるの!?」

◆やっぱり故郷の味が一番

「とりあえず、村に豚はいたから、もっと俺たちの世界にもいたような、オーソドックスな食材を探すことにしよう」

「どういう意味ですか？」

尋ねてきたのは乳ヶ崎だ。

「つまりは、豚とか牛とか鶏とか、俺たちの世界でも食べてる物を探そうってことだ」

「なるほど、それなら安心して食べられますね」

「ちょっと待って。どうせなら、から揚げとかウインナーとか、そういうの探したら？」

桃井が謎の提案をしてきた。

「うん？　どういう意味だ？」

「どういう意味って。どのみち、現実世界の食材を探すなら、そんな生き物よりも、から揚げとかウインナーとか、食べやすい生き物を捕まえたらどうなの？　って言ってるの」

ますますもって意味がわからない。

ん？　生き物？

もしかして……。

「桃井、念のために確認だが、カマボコって知ってるか？」

「はぁ？　知ってるわよ。それくらい」

「じゃあ、カマボコはどこで獲れる？」

「どこって海でしょ？」

「海でどんなふうに獲るんだ？」

「だから、泳いでいるカマボコを、漁師さんが網で捕獲するんでしょ？」

……やっぱりそうか。

かつて都市伝説で、カマボコを海で泳いでいる魚の仲間だと思い込んでいる小学生がいたという話があったが、桃井はガチにそのレベルなのだ。

こんな子供になってほしくなくて、小日向のお父さんは、娘に段ボールを食べさせたんだろうな。……それもどうかと思うけど。

「あのな、桃井。カマボコは魚の肉を加工した物だぞ」

俺は桃井に小学生向けの講義をしてやった。

当然、から揚げやウインナーの正体も教えてやった。天音もふんふんと感心したように頷いていることから、知らなかったんだろうなぁ。

「っていうか、そんなの学校で習わなかったし！」

桃井が恥ずかしそうに、負け惜しみを言う。普通は習っているはずだがなぁ。それ以前に、から揚げやウインナーが歩いている姿って、想像するの難しくない？

「でも、森んなかで、あんまり動物とか……おらんよね？」

「確かにそうだな」

まだ全部を見て回ったわけではないが、魔物以外の一般的な動物という意味では、動物の姿を見たことがなかった。村に豚はいたし、普通の鳥みたいな生き物は上空を飛んでいるから、まったくいないというわけでもなさそうだが。

「魔物にでも食べられちゃったんじゃない？」

「ふっ、愚かじゃな。魔術の徒よ」

桃井の科白（せりふ）に、山田が決め顔で反論する。

「いくら魔物の数が数多（あまた）に多くとも、この世界すべての――」

「いや、あり得るかもな」

俺は山田の科白を遮って言った。山田が泣きそうな顔になっているが、あえて見ないようにする。

「そういう設定が明記されているわけじゃないが、エヴァミリンの世界観でも魔物と普通の動物は住み分けがされているんだ。自然の中の動物は絶滅していて、人間に飼われている動物だけが生き残っている可能性は十分にある」

「猫みたいな感じですね」

乳ヶ崎の言葉に俺は頷いた。いわゆるヤマネコは日本では絶滅危惧種に指定されているが、人間と共生している家ネコは多くが存在できている。

「だとすると面倒だな。村人から譲ってもらわないと、食料がゲットできないってわけか」

「はえ？　普通に譲ってもらえば？」

天音が他人事みたいに言う。

いや、お前が村人を襲わなければ、その選択肢もあったんだけどね。

「魔物、食べられたら、いいんやけど……」

小日向がぽつりと呟く。確かに魔物はよく見るし、そのとおりなんだけど、小日向の食に対する好奇心は、ちょっと怖いな……。

「倒したら消えちゃいますしね」

乳ヶ崎の指摘どおり、倒された魔物はドロップアイテムだけ残して消えてしまう。その意味では、奴らを食べることはできない。

可能性として、ドロップアイテムとして肉などの食材を落とす可能性があるが、この森には虫系の魔物しかいないせいか、今までお目にかかったことがない。

「仕方ない。魚を探すか。実はエヴァミリンでも、ミニゲームとして釣りゲーはあるんだ。そこで獲れた魚なら普通に食材扱いだから、ここでも食べられると思う」

しかし、この手のゲームって、釣りゲーが実装されてるの多いよな。なんでだろ？

「ふっふっふ。いいアイデアだぞ、師匠。褒めて遣わす」

なんだろ？　山田に褒められても、ぜんぜん嬉しくないな。

「魚を獲ることには賛成だけどさ。海はどこにあるの？　ここは山の中よ」

桃井が腰に手を当てて文句を言ってきた。

「いや、海じゃなくて川でもいいんだけど？」

「はぁ？　メダカでも食べるつもりなの？」

「お前の中の川のイメージがどんなものか知らないが、川魚も大きいのはいるぞ。鮎とかニジマスとか」

「近くに、川があると……ええんやけど」

小日向の言うとおりだ。ずいぶんと森の中を歩き回ったはずだが、相変わらず周囲は草木が茂っており、水場の気配はない。

「探すしかないな。天音、お前の感覚で水の音とか聞こえないか？」

無理だとは思うが、可能性は潰しておきたい。

「あっちから水の音が聞こえるよ」

「聞こえるんかい！」

あっさりと見つかっちゃったよ。嬉しいけど、覚悟していたぶんだけ損した気分だ。

っていうか、一歩も動かずに、水の音が聞こえたってことは——

「天音。もしかして、ずっと水の音は聞こえてた？」

「うん。そうだよ」

「どうしてすぐに言わなかったの⁉」

「ふぇ？　なんで？」

　さすがはキング。ブレないなぁ。

　天音の後について森を進むと、やがて開けた場所に出た。

　大小さまざまな石が並ぶ河原と、キラキラと光を反射する帯状の筋が見える。

「川だぁああ！」

　喉の渇きと今までの苦労も相まって、まるで初めて雪を見た子供のごとくテンションが跳ね上がった。

　川は驚くほど透明で、水底の岩の形状まではっきりと見えた。普通だったら、川の水を飲むなんて躊躇(ちゅうちょ)してしまうけれども、飲料水みたいに綺麗(きれい)な水は、あっさりと躊躇を撥(は)ねのけた。

　俺は川辺に腰を下ろし、両手で水をすくって喉に流し込む。やわらかな水の喉越しと、さっぱりとした味が、全身に活力を与えてくれた。

「うめぇ！　この水、うまいぞ！」

みんなも俺の横に並んで、同じように水を飲む。

「うま～い！」

幸せそうな、ほっこりした笑顔が横に連なった。

水を飲むという、なんでもない日常に幸せを感じている。体中が生きているという実感を嚙み締めていた。

「あ～、マジで生き返る」

砂漠でオアシスの水を飲むときの気持ちって、こんなんだろうなぁ。

「師匠！　魚！　魚がいますよ！」

山田が身を乗り出して、驚いたように指を指す。

山田が示すほうに目を凝らすと、数匹の魚がすいすいと泳いでいくのが見えた。結構、大きい。

「やったぁ！　魚だ！」

俺の叫ぶのと同時に、バシャンという大きな音が響いて、水柱が立ち上る。

バランスを崩した山田が川に落ちたのだ。

「ひ～ん、師匠」

ずぶ濡れの山田が水面から顔を出す。川の深さは山田の胸あたり。俺たちならば腰ぐらいか。なんていうか、水に濡れている美少女って、ちょっとエッチだよな。

「あ～、ズルい！　未来ちゃんも！」

天音は次の瞬間、服を全部脱いで、素っ裸(すっぱだか)になった。

「――ッ！」

俺は言葉を失った。

キングオブおバカとはいえ、クラスメイトで、しかも超絶美少女の裸を見てしまったのだ。動揺しないはずがない。

「ばっしゃ～ん！」

天音はすぐに飛び込んだため、裸は水の中に消えたが、俺の心臓は爆発寸前だった。

「うわ～。水遊び楽しそうですね！」

乳ヶ崎も黄色い声を出すと、次の瞬間、自分の服を脱いだ。

ぷるるんと、一糸まとわぬ生乳が姿を見せる。

「くぁwせdrftgyふじこlp!!」

その衝撃の姿（おっぱい）に、俺は声にならない悲鳴を漏らした。

「見るなぁああああ！」

そんな俺の顔面に、別の凄(すさ)まじい衝撃が走る。

そして、水の中に落ちる感覚。

桃井が俺の顔に飛び蹴りを喰(く)らわせたのだ。

「痛えな！　この野郎！」

俺は川の中で立ち上がって叫んだ。

「うっさいわね！　このドスケベ！　見たでしょ！」

「見てねえよ！」

「鼻血出てるじゃん⁉」

自分の鼻の下を指で触ってみると、確かに鼻血が出ていた。

「お前が蹴りを入れたからだろ！」

まったくもって冤罪だ。いや、見たけどさ。

「すみません。私が気を遣わなかったばっかりに」

申し訳なさそうに言う乳ヶ崎は、手ブラで豊満なおっぱいを隠していた。

「ぶぽっ！」

手のひらから零れ落ちそうな生乳の迫力は凄まじく、再び鮮血（鼻血）が飛び散った。

俺は遠のいていく意識のなか、なぜか死んだじいちゃんのことを思い出しながら、再び川の中へと倒れこんだ。

◆おっぱいを単なる脂肪の塊と言う奴は何もわかっていない

遠くから、女子たちのはしゃぐ声が聞こえてくる。

みんな一糸まとわぬ産まれたままの姿で、水遊びを堪能しているのだろう。

推量形となっているのは、俺が目隠しされた状態で少し離れた木陰に放置されているからだ。

まあ、念のために代わりばんこで見張りがついていたが、無用なトラブルを避けたい俺としても、こっそり覗き見るような真似をするつもりはなかった。

というか、一流のゲーマーである俺は、もはや想像の中だけで、ピンク色のシーンを補完できる。ちなみに目隠しは俺の上着だったので、絞っても水気が残っていて気持ち悪かった。

「お～い。そろそろ、飯にしないか？　腹が減ってきた」

「言われてみればそうですね。すっかり忘れていました」

俺の呼びかけに、見張り役だった乳ヶ崎が、鈴の鳴るような声で答えた。

「ああ、俺の目隠しは取らないでくれ」

乳ヶ崎が目隠しを外そうとする気配を感じたので、俺は慌てて止めた。

桃井たちは、まだ裸だろう。もう一度、顔面に蹴りを喰らうのは、ごめん被りたかった。

それに、手は拘束されていないので、その気になれば自分で取れる。

「適当に魚を獲るように言ってくれ。天音の身体能力なら、なんとかなるはずだ」

「はい。わかりました」

「みんなが服を着たら、俺を呼んでね」

「はい！」

しばらく経ってから、乳ヶ崎が俺を呼びに来た。

彼女たちの声は聞こえていたので、魚が獲れたことは把握している。

「師匠、見るがよい！　大漁だぞ！」

山田が自慢げに言う。

俺が指示したとおり、岩で囲った水溜まりに、大量の魚が入れられていた。

一部、微妙な生き物もいるが、元の世界にいる魚っぽいのもいて、食べられそうな感じがビンビンしてくる。

「それで？　どうやって食べるの？」

「う～ん。刺身と考えるなら生でも食べられるが、寄生虫がいる可能性もあるし、ここは焼いて食べたいな」

「いいですね！　なんかキャンプみたいで楽しそうです！」

「乳ヶ崎はキャンプの経験はあるのか？」

「いえ、それがないんですよ。だから、不謹慎かもしれませんが、ちょっと楽しくて」

その気持ちはなんとなく分かる。俺もアウトドアの趣味はないし、小学生のころ学校の行事で経験した程度だが、あのときとは違い、いまはワクワクしていた。

なんとなくだが「生きているという実感」を感じている。

「未来ちゃんも、ワクワクしてるよ！」

「う、ウチも、ちょっと楽しい……かも」

「ふっ、愚かしいな。だが、我も今このときは愚か者になってやろうぞ。ふはははははは！」

そんなことを言っている山田が一番はしゃいでいた。

「あんたたちねぇ～。で、どうやって火をおこすの？」

桃井だけが呆れたように、ため息を吐く。なんか小さな子供の面倒を見る、お姉さん的な感じだ。

「お前が魔法を使えれば簡単だったんだがな」

「なんかムカつく」

「原始的な方法で火をつけようと思う。『冒険少年』とか『ゆるキャン△』とか見てたから、なんとかなると思う」

俺の指示のもと、みんなで燃えそうな素材を集めて回った。空が赤くなってきたので、夜まであまり時間がない。

身体能力が上がっていて、刃物も持っていたので、木の皮を剝いだり、枝を切ったりするのも比較的楽だった。

「よし、天音！　この棒で木の板を擦れ！」

「ほい！　了解！」

天音は木の板と木の棒を持つと、バイオリンでも弾くみたいに、上下に擦りはじめた。

いや、そうじゃなくてだな。

「ある意味惜しい。俺が手本を見せるから真似てみろ」

「でも、火がついたよ」

「マジか⁉」

しかも火種レベルじゃなく、板自体がボウボウと燃えていた。

なんつう馬鹿力だ。普通は穴を空けるように木の棒を擦りつけるのだが、天音は弓で弾く要領で火をつけてしまったのだ。正しいやり方もクソもあったもんじゃない。

「凄いです、天音さん！」

「未来ちゃんは、やればできるんだよ！」

満面の笑みで言う天音の表情は、どこか輝いていた。ったく、しょうがない奴だな。

俺は燃えた木の板を、当初予定していた焚火の場所まで持っていき、乾いた草や木の枝を重ねていく。炎が一気に大きくなった。

「思ったよりも熱いんですねぇ」

「ふっ、この程度で何を驚いておる。我は全身を焼かれても声ひとつ上げなかったぞ」

「いや、山田。お前、物凄い悲鳴出してたからな。『死ぬぅぅぅ』とか騒いでいたから」

焚火の周りを囲むようにして、細い木の枝に刺した魚を、木の部分を地面に刺して並べる。

魚がだんだんと焼けていくにつれて、美味しそうな匂いが漂ってきた。

「なんだか、ワクワクするねぇ」

天音の科白に、みんな無言で頷いた。

「そろそろいいかな」

俺は一匹の魚を取り、背中を割って焼けているか確認する。ほくほくした白身が、俺の食欲を刺激してくる。

「よし、焼けてはいるみたいだ。小日向、お願いしていいか？」

毒見といえば、小日向。

もはや、これは俺たちの中で常識となっていた。

「う、うん。ええけど……、最初でいいん？」

小日向の唇が、炎に照らされて、少し赤らんでいた。癖っ毛の奥で、くりくりとした瞳が俺を見つめてくる。

「ああ、いいぞ。毒見役の役得だ」

俺は頷き返した。

小日向が魚に齧りつく。

俺たちは固唾を飲んで、それを見守った。そして――

「美味しい！」

「本当か⁉」

「食べられるの？」

俺と桃井の質問に、小日向は肯定を示す。

それを合図に、俺たちは魚を手に取った。

「あちぃ！」

「こら、山田。焼きたてなんだから、落ち着いて食え」

「はふはふ。美味しいです！」

「お塩あったら、もっと美味しいね」

「贅沢言うな、天音。普通に食えるだけで充分だ」

それから俺たちは、無我夢中で魚を貪った。何回、「美味しい」という単語を聞いたことか。

口の中が渇いてきたら、川の水をすくって飲んだ。まろやかな水の味が、染み入るように喉を潤していく。

幸せだった。

満足だった。

こんなにも生きている実感を得られたことが、今まであっただろうか？

「幸せだねぇ」

「はい、とっても幸せです」

「我も満足しているぞ」

食事を終えた俺たちは、岩の上に寝転がって、暗くなりはじめた夜空を眺めていた。

この世界の季節はどうなっているか知らないが、このまま寝ても大丈夫なくらいには暖かい。

いきなり異世界へ飛ばされて、これからどうするか不安な気持ちもあったが、今は充足感のほうが大きい。

たまには、こういうのもアリかもしれない。

そんな幸福な時間に浸っていたときだ。

「ああん、貴様ら。デフリ様のテリトリーで何をしておるんだ？」

不意に野太い耳障りな声が聞こえてきた。

◆野生の食材が現れた⁉

姿を見せたのは、豚の姿に鎧(よろい)をまとった魔物、オークだ。

その後ろには、同じく鎧を着こんだひとつ目の魔物、サイクロプス。リザードマンやスケルトンなど定番の魔物の姿もあった。

「……別に。飯を食ってくつろいでいるだけだが」

俺は警戒しながら答える。

今までは魔物からも問答無用で襲われていたが、こいつらは少し違うらしい。

その最大の違いは言語。

虫系の魔物と違い、しゃべることができるため、先に話しかけてきたということだろうか？

「んん？　貴様はゴブリンか？　そっちはスライムに、ブラックマジシャンだな？」

どうやら彼らにも、俺たちは魔物に見えているらしい。

だとすれば、俺たちは奴らの仲間ということか？

「ヌオッ！　え、えええええええエルフじゃねえか⁉」

乳ヶ崎に気づいたリザードマンが歓喜の声をあげる。

……まずい反応だ。

「エルフだと⁉」

「サキュバスもいるぞ。ぐへへへへ」

まぁ、魔物にとってもエルフは、そういう目で見られる存在だよなぁ。

「気配がしないな。貴様、もしや刻印を持っておらぬな？」

刻印？　知らない単語だった。

知っているふりをしてもすぐにバレてしまうだろう。俺は素直に尋ねる。

「刻印とはなんだ？」

魔物たちは、顔を見合わせてから爆笑した。

「ぐはははは！　貴様はそんなことも知らないのか？　刻印とは魔王様に忠誠を誓い、魔王軍に身を捧げた証だ！　本来であれば、魔王軍ではない貴様らは、我らにとっての敵。滅せられても文句が言えぬ存在だぞ！」

思った以上に説明してくれた。なるほどな。

うすうす予感していたが、この世界には魔王がいるらしい。そして魔王軍所属の魔物は、フリーの魔物の存在は認めていないようだ。

この森の魔物たちが襲ってきた理由が、なんとなく理解できた。

「しかし、貴様らは運がいい。我らは話の分かる魔物だ。今から魔王様に忠誠を誓い、我らが軍門に下るのであれば、今回は特別に許してやろう！」

上から目線で言うオークの顔は、ヒヒジジイのそれだった。ほかの魔物たちも鼻息を荒くしている。

通常であれば、魔物である俺たちは、魔物と一緒に暮らすほうがいいのかもしれない。

だが――

「ちょっと相談させてくれ」

俺は事情がよく飲み込めてない表情をする仲間たちと、顔を寄せあって密談をはじめた。

「……おい。天音はどこに行った？」

そこで初めて気づいたのだが、天音の姿がなかった。

「トイレに行くって言っていましたよ」

トイレか。トイレなら仕方ないな。

一応、あいつは最強レア種族のひとりだし、ここら辺の魔物くらいなら大丈夫だろう。

問題は、あいつが帰ってきて、まっさきにオークたちに蹴りを入れないか、という点だけだ。

さすがに三回目はないと思いたいが……。

ないよな？

「天音が帰ってくる前に決を取りたい。魔王軍に入るか否か、だ」

「え？　なんで天音さんを仲間外れにするんですか？」

「あいつ、話が長くなると、相手に蹴りを入れる習性があるからな。俺たち全員が納得した内容なら、天音も受け入れてくれるだろう」

「了解しました」

「あのさ、魔王軍ってなに？　響き的に、なんか悪人っぽいんだけど」

桃井が不安げに言う。

ゲーム知識ゼロだから、一般的な魔王の概念がわからないのだろう。

「そうなんですか⁉　悪い人の仲間になることは駄目だと思います」

乳ヶ崎がまっとうな意見を言った。

「魔王は人間にとっては確かに悪だが、同時に魔物の中で一番偉い存在でもある。総理大臣みたいなもんさ。今の俺たちは魔物だから、ある意味、魔王軍に入るのは当然のことなんだ」

「でも、あん人たち、なんだか……怖い」

小日向の心配も当然だった。

ちらりと、魔物たちを見る。

如何にもエロオヤジといった感じの、ドスケベな顔で、女子たちを見ていた。俺ですら不安になってくるレベルだ。

「我は魔王ごときの家来となるなどお断りじゃ。魔王こそ、我の家臣になればよい」

山田が珍しくカッコいいことを言う。怯えた表情で震えながら言わなければ、もっとカッコよかったけどな。

「実は俺も山田に賛成だ」

「え？　魔王さんを家臣にするんですか？」

「そっちじゃねえ！　魔王軍には入らないってことだ」

「あたしもそっちが良さげな気がする」

桃井が言って、小日向も小さく頷いた。

どうやら、誰も入りたいとは思ってないらしい。

「念のために言っておくが、断ればほとんどの魔物を敵に回すことになる」

「え？　そうなの⁉　ヤバいじゃん！」

「奴らの科白から、魔王軍に所属していない魔物は敵らしいからな。この森の魔物が襲ってきた理由も、俺たちが魔王軍に入ってないからだ」

「じゃあ、入ったほうがいいんじゃない？」

俺は首を横に振った。

「魔王軍と言うからには軍隊だ。あいつらの雰囲気から、和気藹々(わきあいあい)の職場ってわけじゃなさそうだしな。上の命令は絶対。理不尽な命令をされる可能性が高い」

「我は上下関係反対」

「ウチも、苦手や……」

「あたし、先輩受けよくないから」

「それに乳ヶ崎が危険だ」

「え？　私ですか？」

やはり乳ヶ崎は気づいてなかったらしい。

「魔物にとってもエルフは特別らしい。魔王への献上品にされる可能性が高い」

「よく分からないですけど、私のせいで皆さんが危険な目に遭うのは嫌です。『なんでもします』ってお願いしてみましょうか？」

「それ一番ダメな奴だから‼」

「ちなみに、あんたさ。献上品って意味わかる？」

さっき教えたばっかりじゃん。

「確か、偉い人に渡すプレゼントって意味ですよね」

桃井の質問に乳ヶ崎が答える。

辞書的にはそうだが、やはり性的な意味は理解していないらしい。

意外に常識はある桃井は、それを確認しておきたかったのだろう。

「へぇ～、そんな意味だったんだ」

「って、知らんかったんかい⁉」

くぉ、そういや桃井もおバカだったな。

「とりあえず勧誘は断ることにする。すぐに戦闘になると思うから、注意はしておいてくれ。それと、最低でもひとりは生け捕りにしたい」

「生け捕り？」

「……桃井、オウム返しされると不安になるんだけど、意味は知ってるよな？」

「なによ、その言い方ムカつく。知るわけないでしょ！」

「知らないのに、キレるなよ」

無駄に扱いが難しいな。

「倒してもいいが、殺すなってことだ。この世界の情報がほしい。できれば、よくしゃべるあのオークがいい。オークは豚の魔物な」

「師匠！　オーク倒したら、豚肉をドロップしたりしませんかね？」

「その可能性は否定できないな。じゃあ、オークは殺して、リザードマンを捕獲するか」

「あの……、情報ほしいんなら、仲間になるって嘘ついて……、アジト行ったら、どうやろか？」

小日向がなかなか良い提案をしてくれる。

「その案は俺も考えたが、リスクが高い。特に逃げるときがな。アジトには大勢の魔物がいるだろうし、迷子になったら目も当てられない。その点、今ならなんとかなりそうだ。

あの人数なら勝てるだろうし、全滅させられれば、魔王軍に目を付けられる可能性も低くなる」

俺の意見に、みな頷いて同意をしてくれる。

「あとは、天音が帰ってくるのを待つだけだが――」

「おい、貴様ら！　いつまで待たせるつもりだ！　殺しちゃうぞ！」

焦れたオークが、唾を飛ばしながら文句を言ってくる。

「悪い。実はあとひとり仲間がいるんだ。そいつが来るまで待ってくれ」

「はぁ？　ふざけたこと言ってんじゃねえぞ。殺しちゃうぞ、くそがっ！」

こいつは間違いなく、上司になったらパワハラするタイプだな。

「ちなみに俺たちが魔王軍に入ったなら、そのあと俺たちはどんな扱いを受ける？」

「はん？　決まってるだろう。貴様とスライムはオレ様の部下として一生こき使ってやる。サキュバスとブラックマジシャンは、我らの部下兼、肉便器だ。エルフはデフリ様への献上品だ。ちと惜しいが、飽きたら我らにも回ってくるからなぁ。ぐへへへ」

オークに合わせて、ほかの魔物たちも下品に笑った。

事前にそんなことを言われて、ほいほい仲間になると思ってんのかな？　所詮は魔物。頭は空っぽってことか。

「あれ？　みんな何してんの？」

ようやく天音が帰ってきた。

天音の姿に気づいた魔物たちが、ぴたりと笑いを止める。

そして、まじまじと天音を見た。

「あ、あれはまさか」

「ぼ、ボーパルバニー⁉」

やはりか。奴らにとっても天音は脅威らしい。明らかに態度がソワソワしはじめた。

「さっきの返事がまだだったな。魔王軍への入隊は謹んでお断りするぜ！」

「く、くそぉ！　お、覚えてろ！」

俺の宣戦布告を聞いて、襲ってくるかと思いきや、一目散に逃げだしやがった。

「しまった！」

俺も慌てて駆け出す。

「天音！　お前も手伝え！　奴らは敵だ！　思いっきり蹴りを入れてやれ！」

「え〜、駄目だよ、ヨシズミくん。未来ちゃんはもうその手には引っかからないんだから」

「いやいや、今はそういう成長はいらないから‼　あと、ヨシズミって誰？」

どうやら天音は過去の経験から、いきなり相手に蹴りを入れることは悪いと学んだらしい。

「ボーン、デカル！　しんがりを任せたぞ！」

オークに命令されて、サイクロプスとスケルトンが俺の前に立ちはだかった。

「くそッ！　邪魔だ！」

サイクロプスの大振りの一撃を横にかわし、すれ違いざまに足を斬りつける。スケルトンの攻撃もパリィで弾き、袈裟(けさ)がけに斬りつけた。

けれども、ゴブリンの攻撃では一撃で倒せない。俺は完全に足止めされてしまった。

「くそッ！　逃げるんじゃねえ！」

夜の森は薄暗い。魔物になっているおかげで人間よりも夜目は利くが、それでも森の中に逃げ込まれると、見失ってしまう可能性は高かった。

しかも、逃げている敵は二匹。オークは森のほうへ、リザードマンは川のほうへ逃げている。

そのときだ。バシュという音がして、サイクロプスの動きが止まった。

天音がその巨大包丁で、サイクロプスの首を切断していたのだ。

「うおおおおおおおおお！」

サイクロプスの動きが止まった瞬間に、俺はスケルトンへ猛攻を仕掛けた。手数もパリィもこちらが上。一気に押し込んで、スケルトンを光の粒へと変えた。

「あいつらは⁉」

スケルトンを倒した俺は、急いで状況を確認した。

リザードマンは川に飛び込んだ後だった。無理に追撃して、みんなとはぐれてしまっては意味がない。

オークは森の中だが、追えない距離ではなかった。

「天音！　森の中だ！　オークを追え！」

「オーク？」

「豚男だ！　あの豚を追え！　だが、包丁は無しだ。逃げないように捕まえるだけでいい！」

「ほい、ほ～い」

そして俺たちは、なんとかオークの捕獲に成功した。

五章

◆森の主、現れぬ！

オークに武装解除をさせると、奴を丈夫な蔦でぐるぐる巻きの樽のような格好にさせ、拘束した。

「くっ！　オレ様にこんなことをして、どうなるか分かっているのか？」

オークが威嚇するように言う。

その質問に、おバカたちは顔を見合わせた。

「どうなるんですか？」

「そんなの知らないわよ」

「豚足？」

「この豚さん食べていいの？」

「いやぁあああ！　ごめんなさい！　今のは忘れてください！」

うん。この人たち、そんな抽象的な脅しは、ガチで理解できないからね。っていうか、逆に脅しているし。

「でも、殺したら消えちゃうんでしょ？　こいつら」

桃井が疑問を口にする。確かにそうなのだ。魔物を食べることはできない。

「じゃあ、食べられないですねぇ」

「そうですよそうですよ」

助かりたいオークは必死に相づちを打った。

「じゃあ、死なないように食べればいいんじゃない？　体の一部を切り取ったりとか」

「ぎゃあああああああ！　やめてぇえええええ！　なんでもしますから許してぇえええええ！」

さすがはキング。天然で恐ろしいことを言いやがる。

「ドロップアイテムで豚肉を落とす可能性もあるから、最悪そこに賭けるべきだろう。とりあえず今は、いろいろと質問させてもらおうか？」

「ふっ、貴様らの質問に答えるつもりは毛頭ねぇ」

オークがニヒルな笑みを浮かべて言った。

「そうか。……みんな、今日は豚足だ」

「ちょっ、待ぁッ！　ストップストップぅううう！」

案の定、オークが大慌てする。

「じゃあ、俺の質問に答えろ」

「その前にいいことを教えてやる」

オークは再び、不敵な表情へと戻った。微妙に面倒臭い。

「この森には、主と呼ばれる超強力な魔物がいる。主の気配を感じたら、どんな呑気な魔物も隣の山まで逃げるほどヤバい奴だ」

だったら、この森に魔物なんかいなくなるじゃん。

「貴様らのパーティにボーパルバニーがいたとしても例外じゃねぇ。貴様らはその主に襲われ、無惨な肉塊となるのさ。くくくくく」

「し、師匠」

不安を覚えたのか、山田が俺に縋りついてくる。

見ると、小日向と桃井も不安げな表情をしていた。

「悪いことは言わねぇ。オレ様を解放しろ。刻印を持たないお前らは問答無用で殺されるぞ。しかし、オレ様がいれば主は襲ってこねぇ」

「うん？　それって別にお前を解放しなくとも、このままで大丈夫ってことじゃね？」

「………………」

オークは目をぱちくりとさせた。

「いやいやいやいやいやいや。ち、ちちちち違うよ！　なに聞いてたんだよ？　バッカじゃねえの⁉」

物凄(ものすご)く動揺してやがる。

「よく分からないですけど、解放したほうがいいんじゃないでしょうか？」

不安にかられたのか、乳ヶ崎(ちちがさき)が心配そうに提案してきた。

「でも、こいつがいれば襲ってこないらしいぜ」

「いやいやいやいや、だから解放しないと駄目だって！」

オークが必死に乗っかってくる。その必死ぶりが逆に怪しい。

「否定されてるけど？」

桃井も不安を顔に出している。

こいつらおバカだから、否定されたら、とりあえず信じるのね。

「じゃあ、なぜ解放しないと襲ってきて、解放すると襲ってこないのか説明しろ」

「へ？　えっと、それはですねぇ～」

オークが答えを探すように、目を泳がせはじめた。普通だったら、この反応でだいたい予想できるんだけどな。

「あ、そうだ！　刻印！　刻印を主に見せる必要があるんだよ！」

「お前の刻印はどこにあるんだ？」

「ふっ！　尻だ！」

なぜ、そんなとこに？　どうして、そんなに自慢げなの？

俺はオークをひっくり返すと、剣でズボンを切り裂いた。見たくもない汚いケツに、血で描かれたような小さな魔法陣が刻まれていた。

「なるほど、これが刻印か？　っていうか、ケツ汚なっ！」

「ほんとだ、ケツ汚っ⁉」

「うわ〜、本当に汚いお尻だねぇ〜」

「我は吐き気がしてきたぞ」

「えんがっちょ」

「そんなにオレ様の尻は汚いですか⁉」

オークがちょっと泣きそうな声で抗議してきた。少しだけ同情はする。

「つーか、これで刻印は見せられるわけだし、お前を解放する必要はなくなったな」

「え⁉　い、いやいやいやいやいや。な、なにを聞いてたんだよ？　オレ様を解放しないと駄目だろ？」

すんげえ、冷や汗をかきながらオークが言う。ぜんぜん説得力がなかった。

「神輿屋(みこしや)さん。どうやら、駄目らしいですよ？」

けれども乳ヶ崎は気づかなかったようだ。騙(だま)されやすい子なので、言葉のほうを信じてしまうのだろう。

「乳ヶ崎。よく見てみろ。これは明らかに嘘がバレて動揺しているときの顔だぞ？」

「違っ⁉ な、なななな何言ってんだよ？　馬鹿じゃねえの？　バーカ、バーカ！　違うって言ってるじゃん」

「よし、みんな。今日は豚の丸焼きだ！」

「すすす、すみません！　マジで調子に乗りました！　許してください！」

そのときだ。

遠くで獣の遠吠えが聞こえてきた。

夜目は利くといっても、周囲は薄暗い森。不気味さが不安を煽ってくる。

山田だけでなく、桃井と小日向までもが不安げな表情をして、俺に身を寄せてきた。

「くっくっく。早くオレ様を解放したほうがいいぜ。主に会えば、貴様らとて一溜まりもない。巨大な獅子の爪で切り裂かれ、ふたつの巨大な口が貴様らの骨と肉を砕くだろう」

うん？　獅子？　ふたつの口？

「……質問だが、その主って、どんな魔物だ？」

「くくくく。聞いてションベンちびるなよ？　主の正体は、音に聞こえし、あの強大なる魔物、ヘルライガーだ！」

俺たちは顔を見合わせた。

「くっくっく。恐怖のあまり、声も出ないようだな。これでわかっただろう？　仮にボーパルバニーがいたとしても――」

「そのヘルライガーとやらなら、すでに俺たちが倒したぞ」

「うそぉん⁉」

オークが物凄く驚いた顔をする。ややあって汗をダラダラと流しはじめた。

「いやいやいやいやいや、いくらなんでもそれはないっすよ。ははははは」

最初に出会ったので分からなかったが、確かにこの辺りの魔物の強さからいえば、奴は別格だった。

もしかして、あいつを倒したから、雑魚モンスターが増えたのかな？

「本当だ。なあ、天音？」

「覚えてないよ～」

天音に聞いた俺が馬鹿だった。

「ほら！　ほらほらほら！　やっぱりホラじゃねえか！　そんな嘘に引っかかる俺じゃないです～。見栄張らないでもらえます～ｗｗｗ」

こいつ絶対、焼き豚にしてやる。

「ほら、ふたつのライオンの顔を持った魔物がいただろ？　お前と山田が追いかけられていた」

「おお、あれがヘルライガーだったんっすね？」

山田は思い出してくれたようだ。

「ふえ？　そんなことあったかなぁ？」

天音が首を傾げる。こいつの記憶力、いったいどうなってんだ？　昼間の話だぞ？

「えっと、マジなんですか？」

どうやらオークも状況を理解してきたらしい。

「ドロップアイテム……あった、よね？」

「そうだったな。ナイスだ、小日向」

俺はゴブリンが初期装備で持っていた鞄の中から、ヘルライガーの牙を出して、オークへ見せた。

◆エビデンスがあると説得って楽だよね

「いや、こんなお強いゴブリン様に出会えて、オレはマジで感激っす！」

蔦でぐるぐる巻きにされた状態で、俺たちを先導しながら、オークが上機嫌に言う。

ヘルライガーの牙を見せて以降、オークは驚くほど従順になった。権力振りかざしてくる奴って、大抵権力に弱いよね。

「デフリ様というのは、このあたりを支配している魔王軍十将のおひとりで、めちゃくちゃ強いっす。あ、いえ、神輿屋様も充分お強いですが、デフリ様には物理攻撃が効かないため、相性が悪いかと」

確か、エヴァミリオンでもゴブリンは魔法系のスキルは覚えなかったはずだ。俺や天音では相性が悪いだろう。デフリとやらとの揉め事は、なるべく避けたいな。

「なあ、スキルや魔法はどうやって覚えるんだ？」

「へ？　いや、我々魔物は生まれつき持ってまして、クラスチェンジしない限り、新しいスキルや魔法は覚えないのですが……」

オークが困惑したように言う。

俺もその可能性は考えていたが、少し違和感があった。敵として出てくるエルフやサキュバスは、ある程度の魔法を使うことができていたはず。

しかし、乳ヶ崎と小日向は初期魔法を覚えていないらしい。さらに山田に関しては、プレイアブル・スキルの物理攻撃無効を持っていた。

俺たちは魔物というよりは、プレイヤーに近い存在なのかもしれない。

「じゃあ人間たちは、どうやって魔法やスキルを覚えるんだ？」

「確か、スキル屋でスキル神を呼び出して覚えるはずです」

「何それ、面倒臭っ」

桃井の意見ももっともだ。けれどもゲーマーの俺としては、その手のゲームは何度か経験がある。それ以前に――

「やはりそこら辺も、エヴァミリオンと同じ設定なのか」

「エヴァミリオン⁉」

突如、オークがその単語に反応してきた。

そういえば、当たり前すぎて忘れていたが、俺たちはエヴァミリオンというゲームにログインしようとして、この世界に来てしまったのだ。

俺が知っているエヴァミリオンとは違うが、いくつか被（かぶ）っている部分もある。この世界でのエヴァミリオンの扱いがどうなっているか、聞いておくべきだった。

「何か知っているのか？」

「いえ、エヴァミリオンとは封印されし女神の名前。魔王様と戦い、敗れ去った宿敵です。神輿屋様はどうしてその名前を？」

「いや、女神だということは知らなかった」

俺はあえて説明を省いた。オークは気にはしている様子だったが、俺が何も言わないので、あえて質問を投げかけてはこなかった。

やがて俺たちは森を抜けて、開けた場所に出た。

「あれです」

オークが指差すほうを見ると、確かに木造の一軒家が建っていた。

俺はオークに、俺たちが住めそうな場所へ案内しろ、と命令していたのだ。

半ば諦め気味に命令したのだが、オークは心当たりがあると言い出した。なので、そこへ案内させたのだ。

「ここなら、魔物も襲ってきませんし、人間も来ません」

「ほえ？　豚さん。なんで、誰も来ないの？」

「へ？　豚さん？　はい、天音様。ここは魔物のテリトリーではないので、知性がない魔物は基本的にやってきません。ゼロとは言いませんが、森の中で暮らすよりは断然、騒がしくありません」

「魔物が襲ってきたら、ろくに寝られないもんね。豚のくせにやるじゃん」

「ぶ、豚？」

桃井の科白に、オークが戸惑った反応を見せる。やはりオーク的には、豚呼ばわりは嫌だったりするのか？　ちょっと罪悪感。

「では、豚さん。どうして、人間も来ないのですか？」

乳ヶ崎が微笑みながら質問する。

途端に、オークは顔の筋肉を緩めて、だらしない表情になった。まるで推しのアイドルに話しかけられたおっさんのようだ。

まあ、仕方ない。

元がすごい美少女なのに、エルフとなった乳ヶ崎は、まさに「童貞殺し」のスキルを手に入れたに等しい。魔物とはいえ、冷静ではいられないのだろう。

「そ、それは、ここは街道から離れていますし、水場は魔物の森の中にしかないので、住みにくいからです。道に迷った人間が、たまにやってくるくらいでしょう」

「ぶ、豚さん。今は、誰も、住んでない……ん？」

「は、ひゃい！　小日向様。数ヵ月前に見たときは、人が住んでいる気配はありませんでした。森の魔物に殺されたのか、住みにくいので引っ越したかはわかりませんが、今も灯(あかり)がついていないので、誰もいないかと」

オークが豚の尻尾を、左右に振りながら答えた。まるで散歩に連れていってもらうときの犬みたいだ。

どうもこのオーク、小日向がお気に入りらしい。

まあ、サキュバスとなった小日向の我がままボディは、確かに目のやり場に困るし、魔物から言えば、エルフよりもサキュバスのほうが、自分たちに近い存在だしな。

「あの、そ、それで小日向様」

「ん？　なんなん？」

「も、もう一度、オレのことを豚って呼んでもらえますか⁉」

「おい、ちょっと待てぇえええ！」

俺は小日向とオークの間に割って入った。

「どさくさに紛れて、何を言っとるんだ？」

「す、すすすすみません。自分でもよく分からないのですが、こんな美しい方々に『豚』と呼ばれると、こう、胸の奥がキュンとしてしまうのです」

「微妙に生々しい発言をするな」

だが、なんとなく分かった。こいつ、マゾの素質があったんだな。

豚と呼ばれて怒っていたのではなく、快感を覚えていたのか。少し罪悪感を覚えた俺の純情を返せ。

「くくく、そういうことか。ならば、我も罵ってやろう。この豚、豚豚、醜い豚め！」

隣で話を聞いていた山田が、ノリノリで罵った。

「いえ、スライムの場合は別に」

「きいいい！　師匠！　こいつ丸焼きにしていいですか⁉」

◆俺たちの明るい新居生活

一軒家に入って中を確認する。仕切りはなく、十二畳くらいある広い部屋で、二階建てだった。

部屋中埃(ほこり)だらけで、蜘蛛(くも)の巣もいたるところに張っていて、長い間、人が住んでいないのは間違いないようだ。

「これ、どこで寝んの？　埃だらけじゃない」

桃井がさっそく文句を言ってきた。

「ベッドは二階のようだが、どのみち全員は寝られないだろう。かといって、床に寝るのは体が痛くなりそうだな」

「あの、寝床を作ったら……どうやろ？」

小日向がおずおずといった感じで、提案してきた。

「どういう意味だ？」

「葉っぱや草みたいに、やわらかい物を、敷き詰め……て、その上に、布とかを置くんよ。それだと、体は痛くならん……から」

「わぁ、なんかおもしろそうですね～」

乳ヶ崎が、パチンと手を叩(たた)いて喜んだ。

「ナイスアイデアだ、小日向。じゃあ、手分けして準備しよう。乳ヶ崎は家を探索して、上に敷けそうな布を確保してくれ。小日向と天音と山田は、下に敷き詰める草などを集めてきてくれ」

「あんたは何すんのよ？」

サボるとでも思ったのか、桃井が批難するように尋ねてきた。

「水を汲んでくる。夜中に喉が渇いたら困るだろ？」

「ひとりで大丈夫ですか？」

「あの森では、ヘルライガーだけが別格だったんだ。雑魚ばかりだと分かったから問題ない」

「で、オレは何をしたらいいですか？」

当然のように、オークが尋ねてきた。

やる気に満ちあふれているオークをまじまじと見る。

情報を集めるためだけに生かしておいたオーク。

すでに引き出せるだけの、必要な情報はもらった。

なんとか暮らせそうな場所も見つかったことだし、これ以上、このオークの協力は必要ない。

あれ？　これってつまり、——用済みってこと？

「な、なんすか、神輿屋さん。なんか表現するのが難しい、物凄い形相でオレのことを見てますよ？　なんか怖いっす」

「ちょっと作戦会議だ。みんな集合」

俺はオークを外の木に縛り付けて、家の中で作戦会議をはじめた。

「どうしたんですか？　神輿屋さん」

乳ヶ崎がくりくりとした瞳を向けてくる。どうやら、俺がこれから何を話すか、察している者はいないようだ。さすがはおバカの集団。

「簡潔に言おう。あのオークこれからどうする？」

「「あ」」

そこでようやく、みんなもこの会議の意味が理解できたようだ。

「どうするって何が？」

唯一、天音だけが理解していなかった。

「ずっとあのまま、縛り付けておくわけにはいかないだろ？」

「だったら、紐(ひも)を解(ほど)けば？」

天音がきょとんとした表情で言った。おバカって、ほんと何も考えていないんだな。

「あいつは魔物だ。そして俺たちがこの家に住むことも知っている。魔王軍に報告して、魔王軍が襲ってきたらどうする？」

「どうするって？　戦うか逃げるかじゃないの？」

桃井があっけらかんと言い放つ。

「それが嫌だから、ほかの方法を模索してんだよ！」

「与作？　だれ？」

「模索だ。そっちこそ誰だよ⁉」

「普通に考えたら、豚足……やね？」

まあ、そうなるか。

「でも、油がないんじゃない？」

「我は丸焼きが良いと思うぞ」

「確か、豚さんは充分に火が通ってないと、お腹壊すんですよ」

「未来ちゃん、から揚げ食べたい」

「だから、油がないって言ってるでしょ？」

「ハムとか美味しそうだよね？」

「それ、いいねぇ」

「いや、調理の方法を議論しているわけじゃないから！」

俺は思わず、ツッコんでしまった。

「だが、まぁ。みんなの意見は理解した。やっぱり、あのオークは殺すことにする」

「ええっ！　神輿屋さん、そんなの酷いです！」

「ペット殺したらダメだよ！」

「ちょっと残酷じゃない？」

ええ！　お前ら、さっき調理の方法を議論してたよね⁉　なんで、俺だけ悪人なの？

「だから、どうするかって話をしてるんじゃないか？　ずっと木に縛り付けておくわけにはいかないだろ？」

「じゃあ、紐を解けば？」

「無限ループ⁉」

俺は息を吐いてから、整理した内容を伝えた。

「あのオークの扱いは、大きく三つしかない。ひとつは殺す。俺はこれがベストだと思っている。次に逃がす。この場合、魔王軍がここを襲ってくる可能性がある。三つ、仲間にする。その場合、あいつとずっと一緒に暮らすことになる。どれがいい？」

俺の提案に、少女たちは顔を見合わせる。

「ウチは、そろそろ、お肉食べ……たい」

「小日向は殺すに一票な」

微妙に理由が恐ろしいな、この子。ある意味ブレてないけど。

「あたしは、殺すのも嫌だし、魔王軍が襲ってくるのも面倒だし、でも、あの豚と一緒に暮らすのは無し」

桃井が答えた。どれにも票を入れないって判断をもどかしく思うが、ある意味素直な意見だと思う。

「我はむしろ、魔王軍を滅ぼして、この世界の支配者になりたい」

「山田も保留だな」

「いや、我はマジだぞ⁉」

「天音は？」

俺はあえて、山田を無視した。

「選択肢が多過ぎて覚えていない」

「三つだろ？　殺すか、逃がすか、仲間にするかだ」

「わかった！　そういう場合は、四番が正解だね！」

「誰も引っかけクイズ出してねえよ！　じゃあ、四つ目の可能性って何があるんだ？」

「う～ん。朝起きたら死んでる？」

「事件じゃねえか！」

何それ、すげ～こえ～よ。異世界転生がミステリになるじゃねえか。

「乳ヶ崎は？」

「私は一緒に暮らすのがいいと思います。魔物かもしれませんが、あの豚さん、いい人ですよ」

乳ヶ崎らしい答えだ。そして、ある意味、騙されやすい人の考えだとも思う。

「いざというときの、非常食として、ペットは有り……やない？」

「いや、同意の仕方が怖えよ、小日向」

あと、ペット飼ってる人からクレーム来るぞ、絶対。

「やはりというか、意見が割れてしまったな。ただ、言い忘れていたけど、一緒に暮らす場合、あのオークが裏切って逃げ出す可能性がある。その場合は、魔王軍と戦うことになるぞ」

「あの、神輿屋さん。魔王軍と仲良くすることはできないでしょうか？」

乳ヶ崎が真剣な表情で尋ねてきた。

わずかに、心が動かされる。

「ぶっちゃけ、俺としても仲良くできるなら仲良くしたい。だけど今日のあいつらの態度からも、仲良くできない可能性が高い」

「武器を持って戦う姿勢を見せたら、誰だってそうですよ。こちらから歩み寄ってはどうですか？」

眩（まぶ）しいな、その意見。相手が善人だらけだったら、それも有りだろう。

けれども、エルフである乳ヶ崎がそんな態度を見せたら、十八禁ゲームの展開になることは火を見るより明らかだ。

「乳ヶ崎。その考え自体は否定しないが、ここはゲームに似た異世界だ。ゲームの世界では敵と味方は明確に分かれている。現実の世界のように、仲良くはできない」

「そうでしょうか？」

「そうだと、理解してほしい。ゲームについては、俺のほうが詳しい。頼む」

「はい、わかりました。出すぎた真似をして申し訳ありません」

乳ヶ崎がにっこり微笑みながら言う。嫌味や諦めではなく、純粋に俺を信じてくれた態度だった。

素直で純粋な女の子は可愛い。

だからこそ、この世界では守ってやらなければならない。

「で、結局どうするの？」

「う〜ん、そうだな」

ふと、山田がうつらうつら、している姿が目に映った。

「おい、山田。眠いのか？」

「ふえっ⁉　な、なにを言っておるのだ、師匠？　夜は我が世界。夜に眠いなど、我にはあり得ぬ！」

こいつ、見た目がお子ちゃまだが、中身も子供なんだな。

「つまりは眠いんだな。とりあえず、オークの件は保留にしておこう。今は寝床を作るのが先だ」

◆一緒に寝ただけで何もしていません。本当です。

俺が水を汲んで一軒家に戻ってくると、部屋の隅に立派な布団が出来ていた。山田が、すでに寝息を立てて気持ちよさそうに眠っていた。

寝顔だけ見ると、整った顔立ちをしていて、それなりに美人だ。子供に見えるから魔物にも人気がないだけで、ロリコンには堪（たま）らない逸材だろう。

「思ったよりフカフカだな」

今からこの上で寝るのかと思うと、ちょっとだけ楽しい気持ちになる。まるで、キャンプをしているかのようだ。

「もしかして、あんた、あたしたちと一緒に寝るつもりなの？」

「あっ」

桃井に指摘されて、俺は思わず、声を漏らしてしまった。普通にここで寝るつもりだったが、確かにマズいかもしれない。

「いいじゃないですか？　一緒に寝ましょうよ。仲間外れは可哀想（かわいそう）ですよ」

乳ヶ崎が天使の笑みで言う。誘ってくれるのは嬉（うれ）しいが、誰が一番危険かというと、たぶんお前だぞ、乳ヶ崎。

でもまぁ、不思議とエッチな気持ちにはならないんだよな。なんとなくだが、すべてが新鮮で、今はこの「生きている実感」を大切にしたいんだと思う。

「未来ちゃんも賛成。みんなで寝るほうが楽しいよ」

こういうときは何も考えていない天音の性格は助かる。

「ウチもええ……よ。神輿屋くんなら、大丈夫」

「でも、こいつ、性欲魔人の魔のゴブリンなんでしょ？　ヤバくない？」

「だから、それはアバターの話だろ。俺が何をした⁉」

意外に傷つくんだよ、そのレッテル。

「いっぱい、してくれましたよ。ね？」

乳ヶ崎の科白に、俺はギギギと軋んだ音を立てて顔を向けた。

「……はい？」

「げっ、あんたまさか」

桃井がドン引きした声をあげた。けれども俺はすぐに反応するではなく、念のため頭の中で自分の行動を超高速で思い出し、潔白であることを確認してから否定した。

「いや、俺はなんにもしてないぞ」

「いえ、神輿屋さんのおかげで、こうして無事に異世界ライフを送れています」

乳ヶ崎が満面の笑みで答える。

なんだ。そういう意味か。

「異世界？ゲームじゃないの？」

「おい、天音。お前は後で復習な」

つーか、その理解度で今まで行動してきたのか？ある意味、怖いな。

「神輿屋くんが、おらんかった……ら、ウチら路頭に迷っとった……かも」

「……大袈裟だな」

正直、こっ恥ずかしかった。けれども、それ以上に恥ずかしかったのは、お礼を言うのはこっちだったからだ。

俺自身は特に何か頑張ったつもりはなかったけど、みんなの存在に励まされたし、みんながいたからこそ、ある意味冷静に優先順位をつけられたと思っている。

だけど、それを口に出せるほど、俺に勇気はなかった。素直にこんなことが言えるこいつらが、正直羨ましい。

「まぁ、その点は否定しないけど」

俺はまじまじと桃井を見た。こんなこと言うキャラだっけ？

「な、何よ？」

気恥ずかしいのか、わずかに頬を赤らめながら桃井は俺から目を逸らした。

「ですから、みんなで一緒に寝ましょうよ」

乳ヶ崎が屈託のない笑顔で言う。

さすがの桃井も、この天使の笑顔には敵わなかったみたいだ。

「……わかったわよ」

こうして俺も草布団を使えることになったが、桃井が俺の隣を嫌がったこともあり、端から俺、山田、天音、乳ヶ崎、小日向、桃井の順で寝床に転がった。オークは外に縛り付けたままだ。

今日はいろいろあって疲れているはずなのに、なんだか目が冴えて眠れなかった。遠くで虫の鳴く音や、草木の揺れる音が聞こえてくるが、不思議と落ち着いた気分にさせてくれる。女子と一緒だが、別にエロい気分になっているわけでなく、どちらかと言えば、修学旅行初日の気持ちに近い。

いつもとは違う場所にいて、クラスメイトと寝泊まりして、明日はどんなことが起きるのだろうとワクワクしている。

「神輿屋さん、もしかして起きていますか？」

不意に、乳ヶ崎の声がした。

「ああ、ちょっと眠れないかな。乳ヶ崎も同じか？」

「そうですね。なんか旅行みたいで、ちょっと楽しいです」

乳ヶ崎も俺と同じ気持ちだったのだ。かなり嬉しい。普通だったら、ホームシックになってもおかしくないのに、逆に楽しんでくれているのなら、俺としても少しだけ安心できる。

「不安に思うことはないのか？　帰れるか分からないのに」

「そうですね。不安がぜんぜんないと言えば、嘘になるかもしれません。ですが、今は楽しいって気持ちのほうが強いです。全部が新鮮で、失敗しても怒る人もいないですし」

そうか、乳ヶ崎も苦労しているんだろうな。

「だから、急いで帰ろうとは思っていません。学校はどうなっているか、気にはなりますけど」

そういや、現実での俺たちはどうなっているんだろう？

ひとつは、神隠し。フルダイブボックスの中身は空になっているパターン。

次に、寝たきり。意識だけ、この世界に来ているパターン。

最後が、向こうの時間は止まっているか、ゆっくりなパターンだな。何事もなかったかのように日常に戻ることができる。

個人的には、最後のパターンがベストだな。

「みんなはどう思ってるのかな？」

乳ヶ崎と同じように思ってくれていると嬉しいな。

「天音さんは、楽しんでいるみたいですよ」

「だろうな」

俺は同意した。天音は何も考えてないから、不安などとは無縁なのだろう。

「山田もたぶん、喜んでいる」

あいつは、中二病だからなぁ。むしろ、やる気に満ちているだろう。

「問題は桃井だな。すんげ～、不満持ってそう」

「そうでもないわよ」

答えたのは、桃井だった。

「なんだ？　お前、起きてたのか？」

「性欲魔人のゴブリンがいるのに、寝られないわよ」

「だから、その設定、やめてよね⁉」

「まあ、冗談だけどさ。……少し楽しいよ。あっちと違って、スマホは静かだし、いろんなものに気を遣わなくて済むしさ」

「お前、何かに気を遣って生きてたのか？」

「はあ⁉　失礼なんすけど⁉　マジぴえん！」

うわ～。「ぴえん」とかリアルに言う奴、初めて見たわ。あれって、書き言葉限定じゃなかったの？

「とりあえず、すぐに帰りたいとか思ってなくて安心したよ」

「残るは小日向さんだけですよね？」

「お～い、小日向、起きてるか？」

念のため、小声で確認してみたが、小日向から反応がない。眠っているようだ。

「たぶん、大丈夫だろう。なんだかんだで逞しい奴だしな」

そうして、しばらく会話をしていたら、俺もだんだんと眠くなってきた。

◆やはりというか、事件ですぞ

人の気配を感じて目が覚めた。

明るい日差しが、カーテンのない窓を通して、俺の体を暖めてきている。

草の上に布を敷いただけの簡易な寝床の上には、桃井と山田の姿だけがあった。

乳ヶ崎、天音、小日向の三人はどうしたんだろうと、一瞬、心配になる。

けれども、すぐに部屋の中にいる乳ヶ崎たちの姿に気づき、ほっと胸を撫で下ろした。

「あ、おはようございます。神輿屋さん」

俺に気づいた乳ヶ崎が、さわやかな挨拶をくれた。まるで朝日のような笑顔に、今日は何か良いことが起こりそうな、幸せの予感を覚えた。

「おっはよ〜、キムラくん」

「誰だよ、それ？　おはよう」

次に天音が挨拶をしてくれる。相変わらず、人の名前は覚えない奴だが、見た目が美少女なので、朝からなんか得した気分だ。

「おはよう、神輿屋くん」

小日向がはにかみながら言った。家庭的な雰囲気を持つ小日向は、朝から見ると余計に可愛く思えた。まったりとした空気が流れる。こういうのもいいな。

「おはよう」

彼女たちは、朝食を作っているらしかった。

家に置いてあったナイフで、昨日オークに教えてもらって、道すがら手に入れてきた果物の皮を剝いたりしている。

下からは見えにくい葉の上側についていたり、ただの枝にしか見えない果実など、俺たちだけで探したときは、見落としている物もあった。

また、天音の嗅覚を信じて、食べられないと判断した果実も、実は食べられることを教えてもらった。食べ物が増えたことは純粋に嬉しい。

「川には魚もいるし、しばらくは困らないだろうけど、場合によっては栽培することも考えなきゃな」

「栽培って、お野菜とかを育てるんですか？」

「ああ。自然に頼ったやり方じゃ長続きしないから、農業が発達したんだ。効率よく栽培する必要はあると思う。まぁ、先の話だとは思うけど」

帰る方法が見つからなかったときの保険だけど。異世界転移って、帰るまでに結構時間がかかるんだよなぁ。

「凄いです！　神輿屋さんはお野菜育てたりもできるんですね」

「いや、実は農業の知識はあんまりない」

実家が農家で、ずっと手伝いをしてきたのならまだしも、普通科の高校で農業の知識を持っている奴は稀だろう。種まいて水やりするくらいならできるけど、ぶっちゃけ自信はない。

「小日向は経験ないのか？　家庭菜園とかの。家の方針でさ」

「え？　ウチ⁉　経験はあるけど……失敗した経験しかないよ」

「結構、難しいのか？」

「うん、なかなか上手く、いかんとよ。知識もいるし、意外にお金もかかるん……よ」

なるほどな、と俺は納得した。

農業の難しさはよく聞くし、育てるためのグッズが充実しているからこそ、かえってお金がかかるのかもしれない。

「皆の者、おはようなのじゃ～」

聞いているこっちが眠くなりそうな声で、山田が寝床から起きてきた。けれども朝に弱いのか、まだ半分寝ぼけている顔をしている。

「おはようございます、リリスさん。お腹すいてませんか？　果物ありますよ」

乳ヶ崎がボウルの中の果物を指し示すと、山田は寝ぼけ眼のまま、それに手を伸ばし、ぱくりと一口食べた。

「きゅ〜〜〜〜ッ！」

奇怪な悲鳴が鳴り響いた。

山田が顔を赤くしたり青くしたりしながら、窒息死しそうな顔になる。そのまま、流しへダッシュし、

「◎△$♪×¥●&%#？！」

口の中の物を吐き出した。

「…………」

そんな山田の姿を見て、俺たちは互いに顔を見合わせる。まさか、という予感は、ほぼ確信に近かった。

「……小日向。悪いが、頼んでいいか？」

「うん。掃除してくる……ね」

「いや、そっちじゃなくてだな」

そういや、この子もおバカだったね。

俺は毒見を小日向に頼んだ。女の子にこんな真似をさせることに抵抗はあるが、モチは

モチ屋だ。

小日向には、山田が食べたのとは違う物をセレクトしてもらった。

たまたま山田の体調が悪かったとか、山田が食べた物だけがアレだったとか、都合のいい考えは破棄する。

今知るべきは、この中に食べられる物があるかどうかだ。

「じゃあ、食べる……ね」

小日向が果実を一口かじる。なんでもないことのように、小さな口が咀嚼している。

「大丈夫か？」

「うん。吐き気がするほど不味い……けど、なんとか――」

いや、それ普通の人だと無理なパターンじゃね？

「じゃあ、小日向。今度はこっちを頼む」

そこで俺は異変に気づく。小日向の様子がどこかおかしかった。

「神輿屋さん、小日向さんが……」

小日向の顔を覗き込んでいた乳ヶ崎が、やけに剣呑な表情を俺に向けてきた。

「咀嚼しながら気を失っています」

「アウトぉおおおおおッ！

食えねぇじゃん！」

気絶するほど不味いって、どんだけ不味いんだよ？

っていうか、咀嚼しながら気絶ってなに⁉　ある意味すげえな、小日向。

立ったまま死んでる的なアレ？

「とりあえず、ここにある物は食べないほうがいいな。ちくしょう、あのオーク。嘘の食材を教えやがったのか！」

俺はオークを問い詰めるべく外に出た。

けれども、オークの姿はない。代わりに、奴をぐるぐる巻きにしていた蔦が落ちていた。

逃げ出したのだ。

自力でこれを解いたのか？　いや、蔦に引き千切られたような痕はない。なんらかの方法で仲間を呼んだとみるのが正しいだろう。

「みんな、ちょっと来てくれ！」

「どうしたんですか？」

俺の声を聞いて、乳ヶ崎と天音がやってくる。

「オークが逃げた。くそっ、こんなことなら、あの臭い体臭を我慢して、オークを家の中に入れておくべきだった」

「え？　やだよ。臭くて寝られないじゃん」

天音が不満げに言う。

昨日の晩も同じ議論が起こって、さっさと寝たいこともあり、外につなぐことに同意したのだ。もう少し、ちゃんと考えるべきだったか。

「逃げたんじゃないですよ」

「え？」

意外にも乳ヶ崎が、否定してきた。

「どういうことだ？」

「はい。豚さんはトイレに行っただけです。豚さんのトイレは凄く臭いらしいので、森の中でしてくるそうです」

「…………」

乳ヶ崎が笑顔で言う。そこには、オークを疑うという概念すら存在していなかった。

「あの～。まさかとは思うけど、オークの蔦を解いたのは、乳ヶ崎なのか？」

「はい！」

俺は地面に両手をついた。

乳ヶ崎。中身もまともに思えて、見た目も可愛いから、つい油断しちゃうけど、やっぱりこいつもおバカなんだな。

「逃げたんじゃなくて、よかったね～」

天音も同意してきた。すげえな、お前らの思考。

もしかして俺のほうが間違ってる？

「つーか、オークがいないと、何が食べられるか分からないし。今日も魚か」

あえて、オークは逃げたんだ、とは言わなかった。戻ってくる可能性もゼロではないし、ここで結果のわからない議論をするのも時間の無駄だ。

「そ、それは大丈夫……や」

か細い声が、俺の科白を否定してきた。

家の中から、ちょっとやつれた感じの小日向が姿を現す。

「大丈夫なのか？　小日向」

「うん。神輿屋くんが三人に見える……けど、大丈夫」

「それ、明らかにヤバいやつ⁉」

「でね、食べ物のことや……けど、いくつか食べられるのあった……よ」

俺はびっくりして言葉を失った。

つまり、俺が外に飛び出したあと、小日向は気絶状態から復活し、残った果実を食べて、食べられるか確かめたのだ。

ある意味、人類で初めてナマコを食ったことのある人間に匹敵する功績だ。

「少なくとも死なん……から、大丈夫」

「いや、小日向が言うと、ぜんぜん信用できないんだが」

「豚さんも食べとった……から、大丈夫やよ」

「うん？　どういうことだ？」

「朝ごはん。ウチが、豚さんに食べさせたん……や」

俺は少し混乱した。

小日向がオークに餌をやったことじゃない。奴が食べたことについてだ。

「オークは、その、普通に食べたのか？　全部？」

「うん。そうや。だから、食べられる物……だって、思っとった」

俺たちを騙して、わざと毒を食べさせたわけじゃないのか。確かに奴としては、そっちのほうがリスクが高い。

つまり考えられる可能性としては、

「俺たちの胃袋のほうが人間寄りってことか？」

「え？　山田くん、なに言ってるの？　日本語ヘン」

「いや、変じゃねえよ！　あと、俺は山田じゃねえ！　それだと、名前被っちゃうだろ⁉」

俺は自分たちの扱いは魔物だが、中身は人間だということを伝えた。だから人間が食べられる物しか、食べることはできないのだ。

「どのみち、人間側の協力者が必要ってことか」

略奪はしたくないもんなぁ。

「ちょっと、あんたら何してんの？　あれ？　豚がいないじゃん」

遅ればせながら、寝床から起きてきた桃井が姿を現した。

「もしかして食べたの？　あたしもお肉食べたかったのに！」

微妙にこいつも発想が恐ろしいな。

「違います。トイレですよ」

「トイレならいなかったわよ」

「臭いがクサいんで、森の中でしてくるそうです」

「はぁ？　それって、普通に逃げたんじゃない？」

「いえ、逃げるとは言ってませんでしたし」

そりゃ、逃げると言って逃げる奴はいないからなぁ。

「そっか」

「納得した⁉」

本当におバカだな、こいつら。

「常識で考えろ！　逃げたんだよ、あいつは」

「そうかなぁ～」

天音が首を傾げる。

「俺たちにペットとして飼われるより、仲間や家族がいる魔王軍に戻ったほうがいいだろ？」

「確かにそうですね。じゃあ豚さんは、家族の元へ戻ったんですね」

「やばっ、あたし、こういう感動系に弱いんよ」

乳ヶ崎と桃井がちょっといい映画を見たときのような表情をする。いや、そんな感動するような話か？

「家族……。親子丼、食いたい……なぁ」

いや、小日向。その発想はないわ〜。って、豚の親子丼って、豚と豚じゃねえか。

「でも、ちょっと寂しいですね。昨日は、あんなに張り切っていたのに」

乳ヶ崎の科白に、俺もちょっと疑問を抱いた。

美少女たちに「豚扱い」されて、新たな性癖に目覚めたオークは、俺たちに飼われる運命をそれなりに喜んでいたはずだ。

切羽詰まって逃げ出す理由もなかったはず。何か心境の変化でもあったのだろうか？

「小日向。朝、あいつに餌をやったんだよな？　何か言ってなかったか？」

「ああ、そういえば、言っとった……よ」

「なんて？」

「『僕を一番に可愛がってください。小日向様のためなら、なんでもします』って」

そういや、オークのやつ、小日向が一番のお気に入りだったな。

「え？　それって、愛の告白じゃん！　きっも〜」

桃井。どうせ叶わない恋なんだからさ、もっと優しい言葉をかけてやれよ。

「そうなん……かなぁ〜」

小日向は首を傾げる。相手が魔物だったせいか、ピンと来ていないっぽい。同じ土俵に立っていないというか、動物に懐かれる程度のことなんだろうな。

なんだか、オークに同情したくなってきた。

「ほかに何も言われてないの？」

「『僕のことどう思います』って、すごい聞かれた」

「やっぱり」

桃井が得心する。俺が聞いても、オークの言葉は極めて愛の告白に近いそれだった。

「それで、小日向さんは、なんとおっしゃったのですか？」

「う〜んとね、『晩飯』」

「逃げた理由それじゃね⁉」

◆年頃の男女がヤルことと言ったら、これだろ？

オークが逃げ出してから三日が経った。

魔王軍からの襲撃の可能性はあるが、それ以上に、俺たちには住む場所がなかった。

水場や食料の有無、快適さを考慮した結果、いまだにオークに教えてもらった一軒家で暮らしていた。

「はぁはぁ……、もう……魔王軍とか、来ないんじゃないの？」

肩で荒い息をしながら桃井が言う。

「ふふふ、なんせこの家には偉大なる魔法使いにして、不死身の吸血鬼、リリス・ウィル・ストロングペッパー三世がいるか――ぷぎゃ」

全部を言い終える前に、一角カンガルーの蹴りが、山田の顔面を破壊していた。

「くっ！　話の途中で攻撃してくるとは、なんと卑劣な！」

けれども、物理攻撃無効スキルで、すぐさま顔面が修復される。見た目はちょっとグロい。

「戦闘の途中で得意げに話しはじめたお前が悪い」

「スライムのくせに何言ってんの？　って思われてんじゃない？」

「な、なんですとぉ⁉　スライムは世を忍ぶ仮の姿！　我の本気を見るが良い！」

桃井にからかわれた山田が、闇雲に拳を振り回す。対する一角カンガルーもグローブをつけた手で、山田をぽかぽか殴り返す。

なんともレベルの低い、迫力に欠ける戦闘が繰り広げられていた。

スライム対魔物のバトルというよりは、子ども同士の喧嘩だった。

今は森の中で、魔物とバトルの最中だ。訓練を兼ねて、桃井と山田のふたりに魔物退治をさせている。俺は指導役兼、いざというときのフォロー役だ。

魔物による襲撃の可能性がある以上、戦力アップが急務だった。

午前中は乳ヶ崎と小日向のふたり、午後は桃井と山田を鍛えている。元から戦力の高い天音は、この辺りでは敵無しなので、夕方、俺とのスパーリングが日課となっている。

「桃井、お前も協力しろ。ふたりで連携して、あいつを倒すんだ」

「え〜、面倒臭い。あたしは体育会系じゃないって〜の」

もともと勤勉でない桃井は、俺の戦力アップ案には反対だった。

「お前のために言ってんだ。魔王軍が襲ってくるかもしれないから、少しでも鍛えておいたほうがいい」

「だから、もう来ないんじゃない？」

桃井が先ほどと同じ科白を繰り返した。桃井が不満を言うたびに、魔王軍襲撃の可能性を説き、それに対し「もう来ないんじゃない？」のループが繰り返されている。

「だいたいあたし、魔法使いなのに、なんで杖でぶん殴ってんの？」

「お前が魔法を使えないからだろ」

正確には、桃井は魔法を覚えている。けれども、この世界の魔法は詠唱方式で、使う魔法を選択したあと、頭の中に響いてくる詠唱を復唱することで発動可能だ。

けれども桃井は記憶力が壊滅的なため、一度も復唱に成功していない。何度か聞けば覚えそうなものだが、学年最下位の学習能力は伊達ではなかった。

つまりは、役に立たない。

一応、地面に文字を書いてやったり、木版に文字を彫ったりしてやったが、前者は常に動き回る戦場では役に立たないし、後者も結局は立ち止まって読むので、戦闘向きではなかった。

それ以前にこいつ、文字を読むのも遅いし、よく間違える。いままで、まったく本を読んでこなかったのだろう。

乳ヶ崎と小日向は順調に戦力アップできているが、桃井と山田は致命的に伸びが悪かった。

◆熱くて大きい物が、地面から飛び出してきた！

「ただいま」

「おかえりなさい」

なんとかカンガルーの魔物を倒してから家に戻ると、明るい鈴の鳴るような声が出迎えてくれた。

「おかえり」

続いて、羽で撫でるような声が俺を出迎えてくれる。

乳ヶ崎と小日向のふたりだ。

今は調理の最中で、ふたりの家庭的な姿は見ていて微笑ましい。

なんでもない日常の中に幸せを感じている。

新婚さんはみんなこんな気分を味わっているのかな、と結婚に対する憧れがアップした。

「ええ～。また、魚と果物なの？」

食事の内容を見るや、桃井が不満を口に出した。

「文句言うなよ。食える物があるだけマシだろ？」

「それはそうだけどさ～」

まあ、桃井の愚痴もわからないでもない。三食がずっと同じメニューなのだ。

「今日は神輿屋さんが昨日取ってきた、コロコロが入ってますよ」

ああ、そうだった、と思い出す。

とりあえず食える物を探すため、俺は例の冒険者とバトルした村に偵察に行ったのだ。

そこで彼らが、コロコロと呼ばれる食べ物を栽培していることを知った。

隙を見て、畑からそいつを何個か盗んできたのだ。泥棒は悪いことだが、こっちも生活が掛かっていた。

「味見はしてみたか？」

「うん。塩気のない、ジャガイモみたいな、感じやった……よ」

　毒見担当の小日向が、味の保証をしてくれた。

「言ったとおり、何個か残してるか？」

　コロコロはひとつの茎に、実が十個くらいついていた。こちらもまんまジャガイモみたいだが、その実を何個か残すように伝えていた。

「なんかあるの？」

　桃井が尋ねてくる。

「このコロコロは栽培できるんだ。あの村では主食みたいだったし、俺たちで育てられるなら、もう盗む必要はない」

「家庭菜園ですね。ちょっと楽しみです」

　乳ヶ崎の気持ちはよくわかる。農業なんてぜんぜん興味はなかったけど、今はこのコロコロを育てて、庭いっぱいに実らせることが、おもしろく思えて仕方ない。

「そういや、天音は仕事しているか？　昼寝したらやるって言ってたが。畑を作るよう、お願いしてたん――」

　と、そのときだ。

ドゴォオオオオオオオオオオッ!!

という、物凄い轟音と共に、大地が揺れ動いた。

「な、なんだ⁉」

「て、敵襲！　敵襲！」

「うそ⁉　マジ⁉」

「落ち着け、山田！　まだ状況がわからない！」

パニックになって「敵襲」と叫ぶ山田を俺は窘めた。その可能性は否定できないが、まだ状況を判断できるほど、情報も集まっていない。

「音は裏庭のほうだな？」

天音は無事だろうか？　俺は心配になる。如何に最強のボーパルバニーと言っても、不死身というわけではない。

俺は急いで裏庭のドアへ向かい、勢いよくドアを開ける。

ゴゴゴゴゴゴゴゴッ！

轟音がクリアに耳に響いてくる。そして、呆然と立ちすくむ天音の後ろ姿。

けれども、俺は天音に声をかけることができなかった。

それよりも、眼前に立ち上る水柱のほうに意識を奪われたからだ。

穿たれた地面より轟々と音を立てて立ち上がる水の柱。

勢いよく噴き出すそれからは湯気が立ち上り、凄まじい音と共に、地面を叩きつけている。

「あ、ウタマロくん。なんかね、言われたとおり地面を掘ってたら、おしっこが出てきちゃった」

俺に気づいた天音が、舌を出しながら状況を伝えた。

「いや、おしっこじゃねえよ！」

「え？ でも、あったかいし臭いよ」

「リアルな表現はやめろ！」

俺はゴホンと咳払いしたあと、湯気を出す水柱に手を伸ばす。触らなくとも水柱がまとう熱気が、これが冷水ではなく熱水であることを伝えてきた。そして、この独特な硫黄の匂い。

「これ、温泉だ」

「「温泉⁉」」

桃井と山田が素っ頓狂な声でハモった。

「やだな～、ウタマロくん。温泉が地面から噴き出すわけないよ～」

「温泉は地面から噴き出すものなの！」

俺は皆に状況を説明した。

天音には畑を作るよう言ったつもりだったが、天音は何故かひたすら穴を縦に掘っていたらしい。そこで、たまたま温泉を掘り当ててしまったのだ。

「じゃあ、これから毎日、お風呂……に入れるん？」

「そうだ、小日向。もう、わざわざ川まで水浴びに行く必要はない」

「わぁ！　みんなで温泉。楽しそうです！」

ポンと手を叩いた乳ヶ崎の、大きな胸がぽよよんと揺れた。

俺は思わず、ゴクリと喉を鳴らす。

「みんなと言っても、性欲魔人のゴブリンは別だからね」

桃井が呪い殺すような視線で、俺に釘を刺してきた。

「だから、その設定やめい！　安心しろ。覗きなんてアホな真似はしねえよ」

「どうだか。さっき、いやらしい目をしてたでしょ？」

「するわけねえだろ」

口では否定したが、内心でぎくりとなった。見られていたか。だって、仕方ないじゃん。ぽよよん、ぽよよん、揺れる物体に視線が行くのは男の本能なんだし。

けれども、これからずっと一緒に暮らすにあたり、トラブルは避けたい。覗くつもりがないのは本心だった。

◆和気藹々とした食卓

俺たちは家に戻ると食卓を囲み、手を合わせた。温泉のことは気になるが、いますぐに何かできるわけじゃない。まずは食事だ。

「「いただきます」」

当初、この世界に来たときは食べる物がなく、四苦八苦したが、いまでは食べられる物が分かってきたので、テーブルの上の彩りも鮮やかになってきた。

魚は焼き魚だけでなく、薄く切った刺身も出てくるようになった。焼いた魚とは違う、ぷりぷりした食感が堪らない。

長く棘がある青色の果実はナガタという食べ物で、食感は茄子に近い。焼くと甘みととろみが出るので、俺のお気に入りだった。ほかにも数種類の果物や野菜が並んでいる。

そして、今日から食卓に並んだ、コロコロの実。ミートボールくらいの大きさで、食感はジャガイモに近い。蒸して、潰してから、お団子状にして、皿の上に山盛りにしてある。

「このお団子美味しいですね」

口の中が熱いのか、乳ヶ崎がほふほふしながら言った。

「あたし、これ一番好きかも」

桃井も同意してきた。

「なんかフライドポテトも作れそうだね」

「「いいね～」」

珍しくまともなことを言った天音に、みんなが同意する。

「我はポテチを要求するぞ」

「「いいね～」」

山田の科白にも、みんなが同意してくる。

いつも、和気藹々といった緩やかな空気の中で、食事は進んでいく。

「ポテチもそうだけど、作るには油がいるなぁ。確か、魚や植物から出来るんだっけ？」

「え？　油ってそうなの⁉」

桃井が驚いた声をあげる。ツッコみたい気持ちはあったが、この件に関しては、俺にもはっきりとした知識があるわけじゃない。

魚や植物から油を作ったことのある高校生なんて、そうそういないだろう。どうやって作るのかすら、わからなかった。

最近の異世界転移モノだと、主人公がそこら辺にめっちゃ詳しいんだけど、俺にはちょっと無理だな。

スマホがあれば便利だったんだけど、この世界にスマホはない。元の世界だと知らないことがあっても、ちょちょっと調べて、前から知ってたふりができたんだけど。

「確か、搾ったり押し潰したりして作るんだよな？　小日向は知らないか？」

「うん。ウチも、それくら……いしか。スーパーで買ったほうが、安い……し」

そうか、やっぱり自分で作るよりも買ったほうが安いのか。そう考えると、ほんと現代の環境ってすげえな。

「師匠、搾ったら単に汁が出るだけでは？」

「そうなんだよな。汁なのか油なのか分からねえし、水を加えたほうが良いのかも分からん」

「オリーブオイルですと、しばらく放置しておくと、上のほうに油分が溜まってくるらしいですよ」

「それだ！　さすがだな、乳ヶ崎は」

一応、この子もバカだけど、知識だけでいうなら学年トップなんだよな。

「えへへ。ありがとうございます」

乳ヶ崎がはにかみながら言った。少し赤くなった頬が、白い肌に映えてなんとも扇情的だった。

「同じ理屈で醤油も作れないかな？　そしたら刺身ももっと美味く食べられる」

「『いいね～』」

俺の意見に、みんなが同意してくれた。

贅沢かもしれないが、やはり調味料がないのは辛い。決して不味いというつもりはないが、現代の味に慣れていると、食卓に並んでいる食べ物は、あと一歩何かが足りなかった。

「とりあえず、油と醤油の件はおいおい始めるとして、まずは畑と風呂だな。まあ、風呂が優先で良いだろ」

「おっ風呂〜、おっ風呂〜」

「楽しみですね」

天音と乳ヶ崎が、はしゃいで言った。

「しかし、あれは熱いぞ。どうやって入るのじゃ？　我はぬるめが好きじゃ」

山田は基本、熱いの駄目だよなぁ。無駄に猫舌だし。お子ちゃまなんだろうな。ただ——

「実は俺も悩んでいる。河原から石を持ってきて風呂を作ろうかとも思ってたんだが、そもそも温泉ってどんな仕組みか知らないしな」

「単にお湯を溜めてるだけじゃないの？」

「それだよ、桃井。お湯はずっと噴き出しているわけだから、その場に溜めるだけだと、いつか溢れちゃうだろ？　あれってどうしてんだろ？」

「かけ流しだと、そのまま溢れさせていますよね？」

「ああ、そうか。じゃあ、そこから溢れたお湯はどうしてんだろ？　普通に考えると下水かなぁ？　じゃあ、お湯を逃がすルートも作らないとだな」

ほんと、自分の知識不足が悔やまれる。

現代ならスマホでちょちょいと答えを調べて、それで済む問題なのに。

「なんか、こうやって、いろいろ考えながら、みんなで何かを作るって楽しいですね」

「だね～」

乳ヶ崎の科白に、天音が同意する。いや、ふたりだけじゃなく、みんなも同じ気持ちだと、なんとなく感じた。

俺も含めて。

そうだよ。答えがあるのは、早くて簡単で効率的かもしれない。だけど、ここは答えのない俺たちの新しい世界。

間違って、失敗して、あれこれ工夫をして、それが最高におもしろいんじゃないか。

俺は、ギスギスしていたeスポーツのころを思い出す。誰もが最適解を知っていて、ミスや失敗を恥ずかしいことだと思い、それを許せなかったり、マウントを取る手段にしていた。

でも、ここにいるのは、おバカばっかだ。

だから、「帰りたい」とごく当たり前のことも言わないし、未来のことは何も考えずに、いまを楽しく生きている。

なんとなく今は、この空気が心地よかった。
異世界はおバカこそが最高なのかもしれない。

六章

◆ここからプロローグの続き

最近の日課となった畑の雑草を抜く作業をしながら、俺は可愛く咲いた新芽に話しかけた。

「早く元気に育つんだぞ」

先ほど、温泉に入った女子たちを覗いて、天音から投げつけられた桶のせいで、顔面がヒリヒリと痛い。

けれどもまぁ、あれは俺に非があるから仕方ないだろう。

つい、ここに至るまでの記憶を思い出してしまっていた。コロコロの芽が出たことで、気持ちが一段落したのかもしれない。

コロコロを育てるための畑は、温泉の影響を考慮し、家から少し離れたところの森を切り開いて作っていた。

野良仕事なんて興味がなかったが、これがなかなか楽しい。毎日のタスクをこなし、少しずつ生長させていく。ステータスが隠れているだけで、やってることは育成ゲームとなんら変わりない。

農作物を育てて、それによってステータスが変化するゲームを作れば、売れるんじゃねえの、って思う。それぐらいおもしろい。

「早く大きくなるといいですね」

乳ヶ崎も水やりしながら、優しい微笑みを新芽に向けている。

「あ、そっちの畑には水をやらなくていいから」

「え？　どうしてですか？」

「水の量を変えることで、収穫量の差を調べてるんだ。水をやりすぎると枯れる植物もあるみたいだしな。本当は村人から訊くことができれば最良なんだけど。そんなわけで、実験している感じだ」

「さすがです、神輿屋さん！　考えもしなかったです！」

乳ヶ崎に褒められると、たまらなく嬉しい気持ちになる。根が素直なので、褒め方に嫌味もあざとさもない。本当に心の底から、そう思っているんだろうなと感じさせるからだ。

「ま、まぁな。せっかくの素材を無駄にしたくないし」

乳ヶ崎のキラキラした瞳と屈託のない笑み、そして整った顔立ち。

本人は自覚ないけど、マジで童貞を殺せる笑顔だね。しかも、今はエルフの魅力も加わって、まさに無双状態だった。

「そろそろ家に戻るか。天音たちが戻ってくる頃だし」

ちなみに残りのメンバーには、食材集めを頼んでいた。だいぶ戦闘も安定してきたし、天音がいれば全滅することはないだろう。

家の近くまで来ると、温泉のほうから、きゃっきゃと騒ぐ声が聞こえてきた。いつの間にか、天音たちが帰ってきていたのだろう。

「本日、二度目の温泉かぁ。いいご身分だな」

皮肉というよりは、純粋に楽しそうだな、というニュアンスで口に出す。

この世界では、規則もノルマもない。いつ風呂に入るかも自由だ。

「誰が入っているんですかね？　聞き慣れない声ですけど」

「え？　そうなのか？」

てっきり、天音たちが戻ってきていると思っていた。

「天音たちじゃないのか？」

「違いますよ。どこかで聞いたことがある気はしますけど、天音さんたちの声じゃないですね」

俺は即座に警戒する。

まさか、温泉にいるのは魔物か？

俺は抜き足差し足で温泉に近づき、そっとドアを開けた。

温泉を堪能していたのは、いつぞやの冒険者一行だった。村で天音が蹴っ飛ばした。

「いや～、こんな山奥に温泉とは最高だよなぁ」

「疲れた体に染みる～」

「けど、勝手に入っていいの？　誰か住んでるみたいだけど？」

「いいって、いいって。そんなの気にしねえよ」

「温泉は自然の産物だしね。文句言ってくるようなら、ぶっ殺したらいいんじゃない？」

物騒だな、こいつら。冒険者というよりは、山賊の類いじゃないのか。

「でも、ここ良いよね？　観光地にしたら儲かるんじゃない？」

「温泉は最高だけどさ。魔物のいる森にわざわざ来るか？」

「それもそうか～」

「うちらが護衛すればいいんじゃない？　そしたら護衛の費用も取れるでしょ？」

「「天才かよ⁉」」

なるほど、バカっぽい連中だが、いまのアイデアはなかなか良いな。

「でも、この温泉の持ち主に利益の一部取られちゃうね」

「それって、なんかモヤモヤする」

「おかしくね？　アイデア出したのもこっちだし、護衛して連れてきてやるのもこっちなんだぞ⁉」

「温泉持ってるってだけで、調子に乗ってるよ！」

「がめつい奴め！」

「もう、力尽くで奪っちゃおうぜ！」

「まあ、どう考えても持ち主が悪いから、仕方ないよな」

いやいやいやいやいや。

思考があり得ねぇ！

どんだけ自分勝手なんだよ⁉　しかも、持ち主と話してもないのに、すでに力尽くで奪う前提になってるぞ？

さて、どうする？

話の流れ上、俺たちが人間であってもバトルがはじまりそうな予感がビンビンなのに、温泉の持ち主が魔物だってバレたら、問答無用で襲いかかってくるだろう。

そのときだ。

コンコン、と乳ヶ崎が、温泉のドアをノックした。

え？　何してんの？

ときは、きちんとノックしてください」
「駄目ですよ、神輿屋さん、黙って開けては。桃井さんに言われたでしょ？　温泉に入るときは、きちんとノックしてください」

「いやいやいやいや！　いま、そんな状況じゃないから！」

「え？　そうなんですか？」

「中の様子を覗いてたんだよ！　ノックしたらバレるじゃん！」

「神輿屋さん、覗きは駄目ですよ！　めっ、です」

「いや、いろんな意味で違うから！」

「なんか、外から声が聞こえね？」

「ドアを叩く音も聞こえたような……」

「持ち主が帰ってきたんじゃない？」

冒険者の割には、意外に警戒心のない会話が聞こえてきた。こっちもバカだが、あっちも似たような感じか。

「は～い！　入ってま～す！」

剣士が大声で返事した。いや、勝手に人ん家の温泉に入っていて、その返事はおかしくないか？

「失礼しま～す！　お湯加減はどうですか？」

乳ヶ崎がなんの躊躇いもなく、ドアを開け、冒険者たちの前に姿を現した。

「最高で～す！」

「いや、マジで癒やされる」

「この温泉、すごくいいよ」

「それは良かったです。ゆっくりしていってください」

いや、乳ヶ崎。状況わかってるか？

「うん？　っていうか、エルフ？」

「ここって、エルフさんの温泉なんすか？」

「あのエルフ、どっかで見たことあるような……？」

やばい、アホだから気づいていないが、俺がいることがバレたら、バトルは回避できないだろう。

「いえ、私の温泉というか、みんなのです。神輿屋さんも、そのひとりですよ」

「ちょっ⁉」

何を思ったのか、乳ヶ崎が俺の手を引っ張って、無理やりに登場させた。不意を突かれたこともあり、俺の抵抗は間に合わなかった。

「…………」

沈黙が降りる。

冒険者たちは、事態が飲み込めていないのか、固まったままだった。

いまなら、誤魔化せるかもしれない。

「ど、どうも。ゆっくりしていってね」

俺はそれだけ言うと、踵を返そうとした。

「ぎゅぅあああ！　ゴブリンだぁああ！」

「きゃぁああ！　いやぁああ！　犯されるぅうう！」

「ゴブリンの温泉⁉　だったら絶対、エッチな薬が入れられているよね⁉」

「いや、入れてねぇよ！」

俺は思わず、ツッコんだ。

「そういえば、さっきおしっこ出ちゃったんだよね。絶対、薬入ってるよ！」

「私もだ！　二回くらい、おしっこした」

「私は三回だ。勝ったな！」

「っていうか、人ん家の温泉で勝手に小便するんじゃねぇ！」

マジで最悪だな。この冒険者たち。

「この程度の罠で、私たちに勝てると思うなよ！　成敗してくれる！　って、あれ――」

剣士の女が、右手を閉じたり開いたりして、呆然としていた。

「武器がない……⁉」

漫画だと、風呂場に武器を隠し持つキャラもたくさんいるが、こいつらは違ったようだ。

「アン。魔法は？　魔法ならできるでしょ？」

「できないわよ。杖がないと、魔法は唱えられない」

「どうしよう……。服も武器も、ゴブリンの横に置いてあるわ」

ちなみに、俺が立ってる横あたりに、脱衣スペースと荷物置きがあった。

「くっ！　卑怯だぞ、ゴブリン！　正々堂々勝負しろ！」

「温泉に入るには、装備を外さなければならない。ちくしょう！　なんて卑劣極まりない罠なんだ！」

「脳みそ小さいくせに！」

いや、お前らが勝手に人ん家の温泉に入ってただけじゃん。自分の非常識を棚に上げといて、なんで俺がディスられてんの？

「駄目だ。装備がないうえに、私たちは裸だ。身動きが取れない」

「くっ、あのドスケベで卑怯でエロいことしか考えていない低俗な性欲魔人に犯されてしまうのか……」

これじゃ、埒があかないな。

俺は衣服籠を取って、彼女たちに差し出した。

「ほら、とりあえず、これを着ろ」

「着衣プレイが趣味だと⁉」

「ちげぇぇよ‼」

「ふはははは！　この俺様が、羞恥心ごときで躊躇うと思うなよ！」

剣士は温泉から上がると、仁王立ちになる。まるで、ちょっとエッチなアニメに差す謎の光のように、湯気が大事な部分を覆い隠していたが、俺は思わず顔を背けてしまった。

いや、さすがに恥ずかしいし。

「駄目よ、アイネ！　ゴブリンは見ただけで、裸の女を妊娠させる能力があるの！」

「ふはははは……は⁉　ぎゃあああああ！　ゴブリンの子ども妊(はら)んだぁあああああ！」

「妊ましてねえよ！」

剣士はざぶんと、温泉に飛び込んだ。たぶん、俺の声は届いてなかったな。

「乳ヶ崎、出るぞ」

「あ、はい」

埒があかないので、俺たちは温泉を出た。警戒していたのか、それからずいぶん経(た)ってから、冒険者たちが温泉から出てきた。

◆僕たちは、どうしても分かり合えないのか？

「無駄とは思うが、一応言っておく。俺たちの話を聞いてくれないか？」

俺たちと冒険者たちは、温泉から出た開けた場所で向かい合っていた。

「わかった。じゃあ、三文字で言え」

三文字？　やけに短いな。っていうか、この世界の三文字って、発音が三つでいいのか？

「増やせ」

とりあえず、三文字じゃ会話ができないので、交渉してみる。

「増やせ？　子どもを増やす気か⁉」

「これだからゴブリンは。エロいことしか考えてないのか！」

「所詮は、ゴブリンだな」

「違う！」

「言葉」

「増やせ」

意外に、三文字でいけるな。

「っていうか、なんで片言？　エロいこと考えすぎて、脳みそ腐ったのか？」

「そっちが三文字って言ったからだろ！」

律儀に守っていた俺がバカみたいだ。

「約束を破ったな。交渉決裂だ！」

どないせいって言うんじゃい。

だが、まあ、こうなることは覚悟していた。

言葉が通じないなら、力で思い知らせるしかない。

「いくぞ、ゴブリン！」

「乳ヶ崎、下がっていろ。俺が片付ける」

剣士がスキル発動の動作を行い、九連刺突流星剣のスキルを発動してきた。

リズムも攻撃パターンも俺の頭の中に入っている。目を閉じてもパリィできるレベルだ。

エヴァミリオンの特徴として、パリィが強めに設定されている。

通常だったら、相手のパワーが高ければ、こちらの防御を弾いて攻撃を通されてしまうが、パリィは別だ。

パリィが成功すれば、どんなにパワーの差があっても、押し切られることなく弾き返すことができる。つまりは完全防御したうえで、相手のバランスを崩し、さらにはスキル硬直の差をついて、先にこちらが反撃できるのだ。

「な、なんだと⁉」

剣士の攻撃をすべていなし、スキル硬直した隙に、俺は蹴りを叩き込んだ。クリティカルヒットして、剣士は吹き飛ばされる。

「このッ！」

次に魔法使いと僧侶の魔法攻撃。

しかし、回避のコツと正確無比なパリィ技術を持つ俺には、一切当たることもない。

「な、なんなの、こいつ⁉」

「ど、どうして当たらないのよ！」

「このっ！」

襲いかかってきたガードを片手で捻るように投げ飛ばすと、魔法攻撃の合間を縫って近づき、魔法使いと僧侶の武器を叩き落とした。

「勝負あったな」

「ま、まだだ！」

俺に蹴り飛ばされた剣士が起き上がってきた。

「俺様はまだ、負けていない！」

気力を振り絞って攻撃してくるが、俺の相手ではない。一度も相手の攻撃を喰らうことなく、着実にダメージを与えていき、ついには、剣士自ら剣を手放した。

「まだ、やるのか？」

剣士はしばらく呆然としていたが、ゆっくりと顔を横に振った。

「俺様の負けだ。それで、ひとつだけお願いがあるんだが……」

「なんだ？」

「初めてだから、……優しくしてね」

剣士は顔を赤らめながら、服を脱ぎだした。

「だぁああ！　やめろ！」

「くっ、変態ゴブリンめ！　和姦じゃなく無理やりが好きだと！」

「泣き叫ぶ女じゃないと興奮できないのね！」

「この最低の鬼畜！」

「ちげえよ！　頼むから俺の話を聞いてくれよ！」

なんで勝ったこっちがお願いしてんの？

◆ようやく会話ができた

「それじゃ、お前たちは別の世界からやってきたというのか？」

俺の話を聞いた魔法使いが、心底、驚いた顔をした。

「そうだ。だから、俺たちは魔物の姿をしているかもしれないが、中身は人間なんだ。ちなみに元の世界に戻れる方法について、何か知らないか？」

「いいや。悪いが心当たりはない」

「……そうか」

今は家の中で、乳ヶ崎が作った料理を囲みながら、冒険者たちとようやく話をすることができていた。

「この蒸かし芋ってやつ最高だな！」

「生の魚を薄く切るだけで、こんなに美味しいとは……」

「おかわり！」

ちなみに魔法使い以外は、俺の話そっちのけで料理に夢中だった。

なんとなく前から気づいてはいたが、まともに話が通じるのは、この魔法使いだけらしい。

「おい、食ってばっかいないで、少しは話を聞け！」

魔法使いが仲間の冒険者たちを叱る。

「え？　ラテちゃん、食べないの？　じゃあ、私がもらうね」

「こら！　取るな！　誰も食べないとは言っていない！」

お互いに料理の取り合いをはじめた。

「まあ、食べながらでもいいから聞いてくれ。今の俺たちは人間の社会にも入れず、魔王軍に下る気もない。できれば、誰にも迷惑をかけずに生活していたいんだ。だけど、人間との交流なしでは厳しい部分がある。そこでだ。協力してほしい」

「ふがふがふがふご」

口いっぱいに料理をほおばった魔法使いが、何か言ってきたけども、まったく分からなかった。

「いや、食べ終えるまで待つから」

「ふごふご」

科白は分からなかったが、頷いたということは了解したのだろう。魔法使いもほかの冒険者たちと一緒に、料理の取り合いに参加した。いや、俺が想定していた待ち時間と違うんだけど。まぁ、全部食べ終わるまで待つか。

「協力とは？」

ようやく葉っぱ皿の上の料理が空となり、魔法使いが続きを促してきた。

「……俺たちが悪い魔物じゃないことを、人間たちに伝えてほしい」

「断る」

「なぜだ？」

「そんなの決まってるだろう！　魔物は悪者だからだ！」

剣士がビシッと俺を指差して言った。

こいつ、ぜんぜん人の話を聞いていなかったな。

「いや、その誤解はもう解けた」

　魔法使いが、静かに否定してくれた。俺は胸を撫で下ろす。また無駄なバトルをするのは勘弁だった。

「そうか。ほっとしたぜ。じゃあ、なぜだ？」

「伝えるのは簡単だが、誰にも信じてもらえんだろう。最悪、私たちが牢屋に入れられる可能性がある」

「なるほどな」

　この世界の魔物と人間の溝は、想像以上に深いらしい。

「だったら物資を交換したい。自給自足だと限界があるしな。金はないが、もちろん対価は支払う」

「どういう意味だ？」

　俺は物資をもらう代わりに、魔物からのドロップアイテムや、未開の地で入手できるレアアイテムとの物々交換をもちかけた。

「それだったら、まぁ、協力できないこともない。ただし、魔物と交流があるなんてバレたら、私たちは牢屋行きだからな」

「わかった。方法はあとで検討しよう。最後に、スキル獲得の方法だが、この世界ではスキル神を呼び出して、スキルを獲得する認識で合っているか？」

「そうだな。スキルのほかに、功績に応じてレベルアップもさせてくれる」

「そうなのか⁉」

実はエヴァミリオンでもそうだったんだが、異世界にレベルアップの概念があるとは思っていなかった。

「フィールド用のスキル神召喚アイテムは持っているか？」

レベルアップやスキル獲得のためには、都度街へ戻らなければならない。そのため、フィールドでもスキル神を呼び出すアイテムがあり、最大一個まで持ち歩ける仕様となっていた。

「ああ、持ってはいるが、ひとつしか持ち歩けない」

「承知の上だ。そいつを俺に譲ってほしい」

「はぁ、ふざけんなよ！　このアイテム、めっちゃ高価なんだぞ？」

剣士が突っかかってきた。確かに高価な代物なので、気持ちはよく分かる。

「すぐという訳じゃないが、後でそれに見合った対価は必ず支払う」

「嘘だ！　魔物の言うことを信じるな！」

ガードも声を荒らげた。

「いや、お前たちを殺さなかったし、食事まで食わせてやっただろ？　俺たちに嘘を言う理由はない」

「確かに……そうね」

　ぽつりと魔法使いが同意する。

「ラテ⁉」

　俺はほっと胸を撫で下ろした。この冒険者パーティに、この魔法使いがいてくれたのは僥倖だった。

「でも、理由がわからない。魔物には無用の長物よ。どうしてこれをほしがるの？」

「言っただろ？　そっちには魔物の姿に見えるかもしれないけど、俺たちは人間側なんだ。スキル神を呼び出すことで、レベルアップやスキル獲得ができ――」

　そのときだ。

　全身にぞわっとした怖気が走った。

　俺は即座に立ち上がり、気配を探るように、周囲に神経を集中させる。

「どうしたんですか？」

　乳ヶ崎が訝しげに尋ねる。

「いや……」

　否定しようとして、俺は何故か玄関へ走っていた。

　勢いよく扉を開け放つ。

　そこには無数の魔物の群れがいた。

◆復讐（ふくしゅう）は唐突に

「うげぇっ！　な、なんでこんなに⁉」

俺の後をついてきて状況を理解した剣士が、ギョッとした声をあげた。

「まさか、俺様たちを罠に嵌（は）めたのか⁉」

「それこそ、まさかだろ？　俺のほうが強いんだ。わざわざ、そんな回りくどい真似（まね）はしないさ」

俺は半ば動揺しながら答える。報復は想定していたが、この数は予想外だった。

「じゃあ、どうして？」

魔法使いが尋ねてきた。

「言っただろ？　俺たちは魔王軍からも狙われているって。俺のお客さんだ」

俺の言葉に反応するようにして、魔物の群れの中から、一匹のオークが姿を現した。

「くく……。オレ様のことは覚えているか？」

「あ、あなたは確か、非常食さん！」

「違うわっ！」

乳ヶ崎がナチュラルにディスってきた。敵ながら少し同情してしまう。

「純情なオレ様の心を弄びやがって！　さんざん気がある素振りを見せて、結局はオレ様の体が目的だったんだな！」

オークが悲痛な叫びをあげる。

けれども、内容に関しては「なに言ってんの、こいつ」だった。

「つーか、ゴブリン。見境なっ！」

「オークにも欲情できるんだ」

冒険者たちが冷めた視線を俺に向けてきた。主に「体が目的」という単語に反応してきた感じだ。

「いやいやいや、違うわ！　酷すぎる誤解！」

「よくわからないですけど、素直に謝ることも大事ですよ？」

乳ヶ崎まで乱入してきた。

「奴が言ってるのは、主にお前と小日向のことだぞ？」

「え？　そうなんですか？」

「奴が言う体ってのは、豚肉のことだ。非常食とか言ってただろ？」

「はい、言ってましたけど……。違うんですか？　ごめんなさい」

いや、問題はそこじゃないんだけどな……。

「つーか、完全な逆恨みだろ？　第一、乳ヶ崎も小日向も、お前に気がある素振りなんて見せてないぞ」

俺は、仲間に慰められながら、しくしくと涙を流すオークを睥睨して言った。

「いいや、彼女たちはオレ様に惚れていた。これは間違いない事実だ！」

「だから、勘違いだって」

「ふん！　下等なゴブリンにはわかるまい！　恋愛経験豊富なオレ様は、目が合っただけで、その子がオレ様のことを好きか分かるんだ！」

「それは童貞をこじらせたモテない男がまっさきに陥る思い込みだ！　当たっていたことなんて一度もないだろ？　冷静になれ！」

「ふっ、まあいい。自分の狭い世界がすべてだと思い込んでいる馬鹿には、どんな真実も届きはしない」

それ、思いっきり自分のことじゃん。

「今のオレ様は復讐の鬼！　いや、豚鬼！」

どうして、わざわざ言い直した？

「貴様を血祭りに上げてやる！　貴様の女どもは我らの慰み者だぁあああ！」

オークの怒声に続いて、魔物たちが雄叫びをあげる。空気を揺さぶる振動が、ビリビリと伝わってきた。

圧倒的な殺意の波動。もはや、交渉は意味をもたないだろう。

俺はゆっくりと剣を抜くと、乳ヶ崎を庇うようにして一歩前に出た。

「さあ！　奴を倒せ！　我が恐ろしさを思い知らせてやるのだ！」

「——くっ！」

俺は内心で焦っていた。一対一ならば、どんな強敵であれ、負けることはない。しかし、攻撃力が低いゴブリンでは敵を倒すことが出来ず、いずれ体力が切れてしまうだろう。

それ以前に、乳ヶ崎を守りながらだと、どこまで戦えるか疑問だった。

せめてスキルがあれば、なんとかなるかもしれないが、その途中で今の状況に陥ってしまった。

「いやあああああ！　もう駄目～！」

ガードの少女が、僧侶と抱き合いながら泣き叫ぶ。

「ここまでか……」

魔法使いが諦めたように言った。

だが、魔物の群れは一向に襲ってこなかった。

「……あれ？」

間抜けな声を出したのは、号令を出したはずのオークだった。

「なんで？　みんな戦わないの？」

魔物たちは顔を見合わせてから言った。

「なんでって、別にお前の部下じゃねえし」

「復讐したいのはお前だろ？　俺たちには関係ねえじゃん」

「俺ら普通に見学に来ただけだし」

どうやら、あのオーク以外、戦う気が皆無だったらしい。めちゃくちゃ殺気を感じていたけど、単なるノリだったの？

「はっ、はぁ～？　なにそれ？　酷くね？」

オークが露骨に狼狽（うろた）えながら言う。

「何が？　お前の問題じゃん？」

「いや、そうだけどさ。仲間だろ？」

「は？　何言ってんの？　刻印なしに負けて飼われていたくせに、俺たちの仲間だと？」

「ちょ、自惚（うぬぼ）れすぎじゃんね？」

「もう、上司でもなんでもねえしな」

「そ、それはそうだけどさ……」

明らかにオークの歯切れが悪くなった。

なんとなく状況が理解できてきた。

あのオークは俺たちに負けて、しばらく飼われていたせいで、魔物たちからの信頼を失っていたのだ。当初は、小隊長みたいなポジションだったが、今では降格して雑魚扱いなのだろう。

　オークが逃げ出してからすぐに復讐にやってこなかったのも、そこらへんに原因があるのかもしれない。

「復讐！　復讐！」

　魔物たちのコールに押し出されるようにして、オークとおそらくは川で逃亡したリザードマンが魔物の群れから出てきた。

　オークもリザードマンも不安そうな表情をしている。

　当然だろう。俺の強さは充分に知っているはずだ。

「デフリ様！　話が違います！」

　オークが訴えるように叫ぶ。

　その刹那、魔物の群れがふたつに割れた。その先には、四体の巨人が紐を引く豪奢な馬車に乗った魔物の姿があった。青銅の肌にギリシャ神話の神が着ているような服をまとい、不敵な笑みを浮かべている。

　その周囲には侍らせるかのように、三人の妖艶な美少女モンスターの姿もあった。

　ぞわりと、全身が粟立つのを覚えた。

　間違いない。

あいつは、この魔物の群れを統べるボスだ。強さの格が違う。

そして最悪なことに、俺の知識には、あの魔物のデータはなかった。未知の魔物だ。

厳かで、それでいて、圧倒的な威圧感を持つ言葉が放たれる。

「何が、違う？」

「そ、それは……」

「復讐をしたいと言ったのは貴様だろう？　多勢に無勢では分が悪かろうと思い、そいつらが単独行動を取る機会を窺った」

やはりか。天音がいないタイミングで奴らが来たのは偶然ではなかった。

「冒険者と戦い、消耗したところを叩く案にも賛同したはずだ。なんの不満がある？」

「だ、だから……それは……」

「不満はないのだろう？」

「……はい。ありがとうございます」

オークはデフリの圧力を受けてしぶしぶ認めた。パワハラってこんな感じなんだろうな。

「いくぞ！　ゴブリン！　わかってるだろうな？」

半分涙目のオークが、パチパチッと、やけに左目でウインクしてくる。

「わかってるよな？」

また、パチパチとウインクしてから、小声で何か言ってきた。

「ああ、わかった」

俺は玄関の階段を降りて、オークとリザードマンの前に立つ。

「いくぞ！」

オークが鎚を振り上げて襲ってくる。だが、その動きは遅い。

俺は躊躇なく、オークを一刀のもとに切り捨てた。

「え？　あれ？　峰打ちじゃない？」

オークが何故か、信じられないといった表情をした。

「峰打ちでって言ったのに！『わかってる』って答えたじゃん！」

ああ、もしかして、こいつが小声で言ってたのって、それ？

「悪い。聞こえてなかった」

「そ、そんなぁあああああああ！」

断末魔の声をあげて、オークは消滅した。奴が消滅した場所に、豚肉が出現する。生き延びることができたら、今日は豚しゃぶだな。

「ひ、ひぃいいいい！」

敵わないと思ったのか、リザードマンが敵前逃亡を図った。

「ギガサンダー」

しかしリザードマンは、突如、上空から落ちてきた落雷に撃たれて、黒焦げになってから消滅した。

俺は警戒するように、ギガサンダーの魔法を放ったデフリを睨みつける。

「不甲斐ない姿を見せてしまって悪かったな」

「いや、気にしなくていいぜ」

「なかなか強いな、お前。俺の部下にならないか？」

「ありがたいお誘いだな。その場合、俺の仲間はどうなる？」

「安心しろ。俺が飽きるまで可愛がってやろう」

デフリは如何にも悪人といった感じの不敵な笑みを向けてくる。

「よかったですね！　悪い人じゃないみたいです！」

「いやいや乳ヶ崎！　思いっきり悪人の科白じゃねえか⁉」

俺に叱られても、乳ヶ崎はきょとんとした表情をしていた。本当にこの子、すぐ騙されるよな。

「ありがたいお誘いだが、断る！　オークは倒した。そっちの用件はもう済んだだろ？　帰ってくれないか？」

これですんなり帰ってくれると助かるんだが……。

「おいおい、冗談は顔だけにしておけよ。せっかく大勢でやってきたんだ。もう少し楽しませろよ」

やっぱりか。

「じゃあ、何して遊びましょうか？」

乳ヶ崎が、友達が来たみたいなノリで言った。

「いやいやいやいや！　そんな空気じゃないでしょ⁉」

「くくく、いいぜ。じゃあ、『殺し合い』だぁ！」

デフリの号令と共に、魔物の群れが襲ってきた。

「おい、冒険者ども！　手伝ってくれ！　このまま死にたくはないだろ！」

俺は覚悟を決めて、冒険者たちと魔物の群れを迎え撃った。

◆たまには熱血バトル！

「ほう、これほどとは、正直驚いたぞ」

「そいつはどうも」

軽口を叩いたものの、俺の体力と集中力は限界に近かった。

エヴァミリオンでは体力の設定がなかったため、パリィが出来れば、テクニックが劣る相手に負けることはない。

けれども、この異世界では、現実世界と同じように体力を消耗し、体の反応が遅くなっている。

すでに何回かパリィをミスり、喰らわなくてもいいダメージを受けていた。

冒険者たちも最初のうちは一緒に戦ってくれていたが、彼女たちには荷が重かったらしく、早々に後退していた。

今は乳ヶ崎と一緒に、俺が討ち漏らした敵の迎撃をしてもらっている。

「連れてきた部下の半数を失ってしまうとはな。そのほとんどは貴様がひとりで倒したものだ。部下への不甲斐なさより貴様への称賛のほうが強い。どうだ？　本気で私の部下にならないか？」

正直、心が揺らぐ提案だった。

このままでは俺の敗北は時間の問題だ。

「まだ、半分もいるのか。無駄に数だけは多いな。……ちなみに俺が部下になった場合、俺の仲間はどうなる？」

「言ったろう？　可愛がってやる」

「……待遇の改善を要求したい」

「交渉できる立場にあると思うのか？　私を失望させるなよ？」

デフリの表情は穏やかだったが、そのルビーのような真紅の瞳の奥からは、明確な殺意が放たれていた。交渉は不可能のようだ。

デフリが右手を挙げる。

魔物たちはビクリとなり、場所を譲るように後退していった。

代わりにデフリが立ち上がり、悠然とした態度で前に進み出た。

「無能といえど、これ以上、部下を失うわけにはいかぬ。この私が直々に相手をしてやろう」

「……もっと早く決断していれば、無駄死にする部下が減ったろうに」

食えない相手だ。おそらくは俺の実力を把握したうえで、部下を使って俺の体力を削り、勝てると判断したから出てきたのだろう。部下を捨て駒として使い、自分はちゃっかり美味しいところだけを持っていく。

上司にはしたくないタイプだな。

「ルシ・アルマニデ――」

デフリが魔法を詠唱する。小声なのではっきりは聞こえないが、耳にした感じだと広範囲雷系魔法の「ドラゴニック・テンペスト」だろう。

魔法はパリィできない。体力が減って動きが遅くなった俺に対しては、最善手といえる。

対してこちらの最善手は、魔法の詠唱が終わる前に、デフリに一撃を与えることだが、ギリギリ間に合わない距離だ。

だが、広範囲魔法の最大の欠点は、詠唱者に近い場所には影響がない点だ。自分にダメージが来たら意味がない。

故に、デフリに近づくことが、今の俺の最善手だ。

俺は地面を蹴ると、まっすぐにデフリに突っ込んでいった。

それを見たデフリの顔が、愉悦を覚えたように歪む。

なんだ？

俺は違和感を覚えた。

俺の行動を見て、最善手だと歓喜した表情ではない。どちらかと言えば、罠にかかった憐れな獲物を見下すような笑み。

不意に直感が走る。

上空を見上げた俺は、魔法発動の起点がわずかにズレていることに気づいた。

しまった！　そういうことか！

「乳ヶ崎！　そこから全力で離れろ！　狙われてるぞ！」

俺の科白に、危機感のない乳ヶ崎はきょとんという顔をした。

くそっ！　伝わらないのか⁉

しかし、乳ヶ崎の近くにいた冒険者たちは違った。

すぐさま危険を察したらしく、乳ヶ崎を抱えて全力で逃げ出した。

「荒れ狂え！　ドラゴニック・テンペスト！」

わずかに遅れて、デフリの詠唱が完了する。

天空に時空の切れ目が発生し、龍の形をした無数の雷が嵐のように降り注いでくる。

「ぎゃあああああ！　死ぬぅううう！」

冒険者たちは半泣きになりながら逃げ回り、ギリギリのところで回避したり、魔法障壁を張ったりして雷をかわしていく。

意外に逃げ切れるかも、と思った瞬間フラグが立ったらしく、地面を穿った雷の衝撃で、全員吹き飛ばされていた。

乳ヶ崎は華麗に一回転を決めて足から着地したが、ほかの冒険者たちは無様な着地を決めていた。

幸運にも、そこは攻撃範囲の外。ひやりとしたが、無事に逃げ切ることができたらしい。

「神輿屋さん！」

悲鳴のような乳ヶ崎の声。

無事に逃げおおせたはずの乳ヶ崎が、じっと動かずに、ある一点を見つめていた。

俺は乳ヶ崎の視線を追って、その事実に気づく。

俺たちの家が、燃えていた。

ショックで胸の奥が抉られそうになる。

パチパチと音を立てて燃えていく家が、俺の中の思い出までも焦がしていく。

数週間にも満たない時間だっただろう。

けれども、ここで過ごした日々は、黄金時代のすべてを詰め込んだかのように輝いていた。

この時間が永遠に続けばいいと、元の世界に置いてきたすべてを放り出していいとさえ思っていた。

だが――

「うそ……だろ？」

「おい！　ぼさっとするな！」

剣士の声で我に返る。

刹那、真後ろからの強烈な殺意に気づいた。

いつの間にか真後ろにいたデフリが、拳を後ろに引いて、攻撃の体勢をとっていた。

青銅の拳が、巨大な殺意の塊となって襲い来る。

俺は、なんとかそれをかわすことができた。

あと少し反応が遅かったら、ゴブリンなんて、その時点でジエンドだっただろう。

「ほう、いい反応だ」

デフリが、からかうように言う。まるで、お前などいつでも仕留めることができる、と言わんばかりだ。

ギリリ、と奥歯が鳴った。

奴の顔を見た途端、俺の中の殺意に火がつく。

見下されたことについてじゃない。

俺たちの大切な空間を破壊したからだ。

絶対に許すことはできない。

「ぶっ殺す！」

俺は渾身（こんしん）の一撃をデフリに叩き込む。

デフリは身動きもせずに、その一撃を体に受けた。

すぐに違和感に気づく。

ダメージが通った感じがしない。

そういえば、オークが言っていた気がする。

デフリには物理攻撃が効かないと。

「ふはははは！　所詮、ゴブリンの攻撃など、その程度のものか！」

デフリが格闘系のスキルを発動させてくる。

幸いにも使ってくるスキル自体は、エヴァミリオンのものなので、なんとか回避できたり、パリィできたりしているが、肝心の俺の攻撃が奴には通じない。

エヴァミリオンでは、体の部位によっては、違った属性や特性を持っていることもある。

攻撃が通る場所がないか？

わずかな望みに賭けて、反撃のたびに違う箇所を攻撃してみるが、やはりダメージは通らなかった。

「ふははははは！　無駄無駄無駄無駄無駄ァッ！」

デフリが隆々とした腕を振ってきた。

避けるのは簡単。

俺はあえてそれを受けて、後方へ吹っ飛ばされる。

ガードはしたはずなのに、全身が引き裂かれそうな衝撃を受ける。

「神輿屋さん！」

足元に飛ばされてきた俺のそばに、労わるようにして、乳ヶ崎が腰を下ろす。

戦場の殺伐とした空間に、花が咲いたみたいに可憐な匂いが俺を包み込んだ。

「大丈夫だ。おい、魔法使いとか言ったな」

乳ヶ崎に返事をしつつ、俺は地面の上に倒れたまま、魔法使いに小声で話しかけた。

この角度だと、俺の顔はデフリからは見えない。

声が聞こえない限りは、俺がしゃべっていることに気づかないだろう。

「奴に物理攻撃は効かない。俺が隙をつくるから、あんたが使える最強の魔法で攻撃してくれ」

もはや、ほかに手はない。

俺は魔法使いと連携をとるために、わざわざこの方向へ吹き飛ばされてきたのだ。

「え？　寝言？」

「すげえ！　めっちゃ、はっきりしゃべってる⁉」

「剣士（アイネ）も似たようなもんじゃん」

言って、冒険者たちは笑いあった。

くそっ！　デフリに作戦がバレないように、気絶したふりで話しかけてんの！　気づけ、こら！

「いや、単に気絶したふりで、作戦を伝えているだけじゃないの？」

唯一、まっとうな思考を持つ魔法使いが理解を示してくれた。

でも、気づいたのなら、声に出さないでほしい。

デフリに聞こえちゃうじゃん。

「作戦会議は終わったか？」

デフリが悠然と近づいてきながら問うた。

ばっちり、バレてた。

◆パンチパーマとアフロの違いがよく分からない

俺は無言で立ち上がると、デフリを睨みつける。

「安心しろ。声までは聞こえていない。まぁ、貴様らが何をしようと無意味だがな」

「そりゃ、どうも」

嘘か本当かは分からないが、作戦の内容がバレていないなら、まだ可能性はある。

それに、仮にバレていたとしても問題ない。

俺の全力をもって奴の動きを封じ、チャンスをつくるだけだ。

「神輿屋さん。大丈夫ですか？」

乳ヶ崎が心配そうな表情を見せてくる。

いつも元気で明るく可憐な乳ヶ崎に、こんな表情をさせることが、たまらなく悲しかった。

「ああ、大丈夫だ。心配しなくていい。君は、必ず俺が守るから」

「それ、死亡フラグってやつじゃね？」

「ほんとだ！　死亡フラグだ！」

「ゴブリン、知らね～の？　それ言うと死んじゃうんだぞ？」

「ええ⁉　神輿屋さん、死んじゃうんですか？」

冒険者たちがケラケラと笑ってきた。真に受けた乳ヶ崎も交じっている。

「テメエら！　マジで黙っててくんない⁉」

マジで緊張感がないな、こいつら。っていうか、この世界に「死亡フラグ」なんて概念あんの？　ゲーム用語じゃなかった？

「魔法使(ラテ)い、頼んだぞ！」

俺は魔法使いにすべてを託すと、最後の気力を振り絞って、デフリに襲いかかった。

俺のスピードではデフリを攪乱(かくらん)することさえできない。それでも、緩急をつけて、相手の死角を突く動きで、蚊のように鬱陶しくデフリに付きまとった。

「ジーク・レフェルト・ソーン……」

背後からは、魔法使いの詠唱の声が聞こえてくる。

これは確か、爆裂系の上級魔法「エクスプロージョン」だったはず。あの魔法使いのレベルから言えば、破格の攻撃魔法だ。

「俺に構わず撃て！」

魔法完了のタイミングを見計らって、俺は叫んだ。

「……レート・リヒテーゼ。我、開闢(かいびゃく)の閃光(せんこう)を放たん！」

まるで薔薇(ばら)の花びらのような無数の光の粒子が、引き寄せられるようにして、俺とデフリの間に収束してくる。

その中心には、恒星のような光の玉。光の花びらを吸い込むたびに、背筋が凍るほどの魔力の増大を感じる。

その魔力が決壊する寸前、俺はデフリの背後へと回り込んだ。完璧なタイミング。

「エクスプロージョン！」

刹那、究極の爆裂魔法が炸裂した。

世界を包み込むほどの閃光と共に、衝撃が襲い来る。デフリを盾にした俺に直接的なダメージはないが、わずかでも動いてしまえば、全身が消し飛びそうな威力だ。

やがて、衝撃が収まった。

デフリには直撃だったはずだ。

奴が攻撃をかわしていれば、奴を盾にした俺が無事なわけがない。

通常のゲームだと、ヒットポイントの概念があり、剣で何度斬りつけられようとも、ヒットポイントがゼロになるまで死なないが、この世界では違う。

現実の世界と同じで、体の破損状態によって、死が決まる。つまり、即死級の攻撃を喰らえば、文字どおり即死してしまうのだ。

だが――

「いま、何かしたか？」

デフリは健在だった。驚いたことに、その肌には傷ひとつ、ついてはいない。

なんらかの方法で無効化したのか？

いや、違う。

俺は、デフリの頭を見て、気づいた。

奴は、如何にもキザっぽい金髪のロン毛だったが、今はモコモコとしたアフロになっていた。しかも、ぷすぷすと頭から煙が出ている。

なんというか……。

すっげえ、間抜けだった。

本来なら凄く（すご）シビアな状況なのに、笑いのほうが込み上げてくる。

「そんな……、エクスプロージョンが効かない⁉」

「ラテの、最強魔法なのに？」

「うそ……⁉」

冒険者たちがショックを受ける。いや、お前たちの性格なら、最初にアフロに気づくだろ？　なんで、からかわないの？

「ふはははは！　残念だったな。この私には爆裂魔法は効かぬのだ。もともと魔法防御も高いのだが、特に爆裂系の抵抗力は高くてな。運が悪かったな」

いや、アフロで頭から煙出しながら言われても、説得力ねえから。魔法効かないとか、自分の頭を見てから言ってほしい。

っていうか、誰かツッコんで！

「物理攻撃も、魔法攻撃も効かないなんて、どうやって倒せば……」

「あたいら、ここまでなの？」

冒険者たちが絶望の表情を浮かべる。

「いや、お前ら、いい加減ツッコんで！　思いっきり髪型変わっとるやん！」

「うん？　髪型？」

我慢できなくなった俺のツッコミに、まっさきに反応したのはデフリだった。

驚いた表情のあと、恐る恐るといった感じで、自分の頭を触る。

ツンツンといった感じで触る。

わさわさといった感じで触る。

女性タイプの魔物を呼んで、鏡らしき物で、自分の顔を見た。

デフリがめっちゃくちゃショックを受けていた。

「わ、私の髪の毛がぁあああああああああああああああああ！」

やっぱり奴にとっても想定外のことだったらしい。

「誰だぁあああ！　私の髪をこんなふうにしたのはぁああ！」

俺は躊躇うことなく、魔法使いを指差した。

ほかの冒険者たちも、魔法使いを指差した。

「汚なっ！　仲間を売るつもりなの⁉」

いや、そんなつもりはさらさらなかったけど、デフリの形相が物凄くて、つい。みんなも同じだと思う。

それ以前に、お前がやったってことは、みんな知ってるからな。思いっきり詠唱していたし、なんでデフリの奴、訊いたんだろ？　もしかして脳にダメージが入って、記憶障害でも起こしたの？

「そういや、貴様だったな。許さん！　死ぬほど拷問して絶望のなきゃでグガッ！」

あ、興奮してしゃべったから舌嚙(か)んだみたい。

「…………」

微妙な緊張感をもった沈黙があたりを包み込んだ。

デフリも部下たちも、視線の置き場所に困っているようだった。

「貴様だけはぁああああ！　絶対に許さぁあああああああああん‼」

デフリが再びキレた。

「ぎゃあああ、私⁉　今の私悪くないよね？」

そうだな、魔法使い(ラテ)。確かに君は悪くない。

悪いのは運のほうだ。

「なぜ怒ってるんですか？　その髪型、凄く似合ってますよ？」

これだけ張り詰めた空気のなか、空気の読めない乳ヶ崎が、空気の読めない発言をした。ある意味すげえな、あの子の度胸。

「ふざけるな！　この髪型のどこが似合ってる⁉」

「とてもワイルドでカッコいいですよ。確かに前の髪型も綺麗でしたけど、こっちのほうが凛々しくて、男性としての貫禄があると思います」

乳ヶ崎が真摯な女神の表情で、嫌味なく言う。この子の言葉には、本当に裏表がない。心の底からの真実なのだ。

「凛々しい？　貫禄？」

デフリがぴたりと動きを止める。

嘘偽りのない言葉ゆえに、奴の理性に届いたのだろう。

デフリはもう一度、鏡を出して、自分の髪型を眺めた。

「素敵ですよ」

「そ、そうかな？」

乳ヶ崎の科白に、デフリが満更でもない顔をする。

「おい、お前ら！　この髪型、似合ってると思うか？」

デフリが部下たちに尋ねた。

部下たちは、正直、すんげえ戸惑った感じだったけど、「変な頭です」なんて口が裂けても言えないだろう。

「すげえ、似合ってますよ」

「カッコいいです。惚れ惚れしちゃいます！」

「前にも増して、貫禄と威厳に満ちてます！」

まあ、そう言うよな。これが忖度ってやつで、偉い人に誰もものが言えなくなる真理だな。

「そ、そうか。……うむ。確かに、私にこそ似合う髪型だな」

デフリはついに納得してしまった。これこそが頭がいいはずの偉い人が、アホなことを言い出す構図なんだろうな。

「エルフの娘。私は貴様が気に入ったぞ。私の四人目の妃にしてやる。光栄に思え」

「妃？　お嫁さんですか？」

「そうだ」

「だったら、お断りします」

乳ヶ崎は丁寧にお辞儀をして、デフリの一方的な申し出を断った。

「私は今の神輿屋さんたちとの生活が大好きなんです。ずっと一緒にいられたら、いいなぁなんて思ってます」

俺は胸が熱くなるのを感じた。

乳ヶ崎がそんなふうに思っていたことは知っていたが、これほどまでに本気だとは思っていなかった。

乳ヶ崎は自分に素直な少女だ。

結婚を断るためだけに、こんなことは言わない。

そうだよなぁ。やっぱり、ゲーム部のみんなとの生活は、最高だよなぁ。

「ほう。つまりは、こいつを殺せば、すべて問題ないということか？」

再びデフリが、俺に殺意を向けてくる。

「そういう意味ではないですけど、神輿屋さんは強いんですよ。絶対に負けないと思います」

嬉しいこと言ってくれるじゃねえか。

「ゴブリン風情（ふぜい）に何ができる？　私の唯一の弱点は雷属性の攻撃。魔法が使えないゴブリンに勝機はない」

うん？　いま、こいつ……。

「雷属性が弱点と言ったのか？」

「おおっと、つい漏らしてしまったか。くははは、そうだ。この私の弱点は雷属性だ。雷属性の魔法が得意な私の弱点が、同じ雷属性なんて盲点だろ？」

確かに盲点だった。

めちゃくちゃ体が燃えている炎っぽい魔物の弱点が、「炎」ってくらいにはビックリした。だが、弱点がわかれば、こっちのもんだ。

俺は魔法使いに、目配せする。

しかし彼女は両手を使って、大きなバッテンを作ってきた。

そして、ジェスチャーで何事か伝えてくる。

おそらくは「魔力がもうない」だ。

俺もジェスチャーで、「アイテムを使え」と伝えてみた。

しかし、正しく伝わらなかったようで、「裸になれ？　変態野郎」と返してきやがった。

俺はもう一度ジェスチャーで、「アイテムは？」と訊いた。

どうやら今回も失敗で「キスで妊娠とかしねえから！」と返ってきた。っていうか、どんなふうに伝わってるか、マジで不安なんだけど。

「もう、口で言ったらどうだ？　どうせ、雷系の魔法で攻撃しろって作戦だろ？」

俺たちを見かねたデフリが、助け船を出してくれた。

「ああ、悪い。助かる」

意外にこいつ、いい奴かもしれない。

俺は冒険者の元へと駆け寄った。

「魔力がないんだろ？　回復アイテムとか持ってないのか？」

「ああ、アイテムね？　セクハラされてるのかと思った」

いや、状況的にあり得ねえだろ！　どんだけピンク色の脳みそしてんだよ？

「アイテムはもう使い切って、ない」

「じゃあ、魔法反射は？　奴の雷を奴に弾く」

俺は僧侶とガードを見て言った。

魔法反射を使えるジョブは、このふたりだ。

「そんな上級魔法使えるわけないじゃん」

「ボクも使えないよ～」

「アイテムは？」

魔法使いが顔を横に振った。

「エクスプロージョンのとき使い切っちゃったわ」

万事休すか。

残る作戦としては、ひとつだけ。俺がレベルアップして雷属性のスキルを覚えることだ。

「スキル神を呼び出してくれ。俺なら魔法剣のスキルを覚えることができる」

「はぁ？　頭沸いてんのか？　無理に決まってんだろ。ゴブリンの分際で」

剣士が突っかかってきた。

「ほかに術はない」

「わかったわ」

魔法使いが承諾してくれた。

「でも、戦闘中はスキル神を呼び出せないの」

「マジか？」

「正確には、スキル神が魔物の攻撃を受けなければいいんだけど。スキル付与にはそれなりに時間が掛かるから、中断されると困るの。あんまり酷いと怒って帰っちゃうわ」

なるほど。もう少しゲーム的な理由かと思ったが、案外まともだった。

「じゃあ、俺がスキル神を呼び出している間、奴を頼む」

「……え？」

魔法使いが素っ頓狂な声をあげた。

「いや、『え？』じゃなく頼む」

「誰に言ってるの？」

「お前ら冒険者にだ。少しの間、時間稼いでくれ」

「はぁ？　無理に決まってんだろ？　バカなのか？」

「数秒で死ぬ自信あるよ。それぐらい分かんない？」

「ほんと、ゴブリンって低能だよね」

こいつらマジでぶっ殺してぇ。

なんで自分たちの無能さを棚に上げて、こっちがバカにされてんの？

◆ようやく仲間が戻ってきた

「ああっ！　我の居城がっ！」

森のほうから、山田の叫び声が聞こえた。

「うげっ！　魔物がいっぱいいるじゃん！　どういうこと？」

桃井が引き攣ったような表情を見せる。その後ろには、呆然と燃え盛る家を見つめる、小日向と天音の姿があった。

「あの逃げ出したオークが魔物の軍勢を連れてきて、俺たちの家が燃やされた！　すまない！」

俺は端的に状況を説明した。

「おのれ！　我が城を燃やした魔物はどいつじゃッ！」

「ずいぶんと威勢のいいスライムがいるなぁ」

デフリが、からかうように言う。

「貴様がやったのか⁉」

「そうだ。と言ったらどうする？」

「無論、きちゃまぬ――」

感情が高ぶったせいか、山田が盛大に噛んだ。

おそらく、めっちゃカッコいい決め科白を言おうとしたのだろうこの場面で、山田は噛みやがった。

あたりに気まずい沈黙が落ちる。

「ぜ、ぜぜぜぜ絶対に許さないんだから！」

山田が顔を真っ赤にして、如何にも雑魚っぽい科白を吐いた。

「お前、いま、噛んだだろ？」

デフリがツッコミを入れた。

いや、そういうお前も、さっき噛んでたからな。山田は知らないけど。

「か、噛んでないやい！」

「噛んだだろ？」

「だから噛んでない！　し、しつこいぞ、このアフロ！」

「アフロ？　なんだそれは？」

「その、黒くてまん丸い縮れたダサい髪型のことだ！」

刹那、デフリの表情が強張った。

魔物たちの間に、なんとも言えない緊迫した空気が流れる。魔物たちはそっと目を逸らした。

しかしデフリは、すぐにニヒルな笑みを浮かべる。

「ふっ、所詮スライムには、この貫禄ある髪型は分からぬか」

「え？　何言ってんの？　あいつ。普通にダサくて似合わないし、貫禄とか以前に頭悪そう」

歯に衣を着せるのが苦手な桃井が、率直な意見を言った。

「よく分かんないけど、弱っちい感じがするねぇ」

天音も率直な意見を口にした。

「あ、あかんよ、みんな。本人的……には、イケてると思ってるん……やから」

小日向が遠回しにトドメを刺した。

「貴様らぁあああああああ！　絶対に許さんんんんんッ‼」

デフリの憤怒(ふんぬ)の咆哮(ほうこう)が、ビリビリと空気を震わせる。

「それは我の科白じゃ、雑魚アフロ！　この最強の吸血鬼にて、完全物理攻撃無効の能力を持つスライムのリリス・マッコーマン・脹脛(ふくらはぎ)が相手じゃ！」

山田がずんずんと前に進み出る。

「ほう？　物理攻撃無効だと？」

「そうじゃ、我は不死身。絶対に負けることはない！」

お前の場合、攻撃力も低くて勝つこともないけどな。

「では、これはどうだ？　ルシ・アルマニデ――」

デフリが魔法の詠唱をはじめる。当然だ。山田のバカは、自分から半分弱点を言ったようなものだ。

「ふっ。無駄じゃ。貴様の攻撃は我には効かぬ」

しかもバカすぎて、相手が魔法を唱えていることに気づいていない。俺はすぐさま駆け出したが、明らかに詠唱のほうが速い。

「山田、逃げろ！　上から雷の魔法が降ってくるぞ！」

「――へ」

余裕綽々だった山田の顔が引き攣った。

「え？　ちょまっ！　魔法は駄目ッ！」

「ふははははは、存分に味わえ！　ギガサンダー」

刹那、天空から落雷が降り注いだ。

凄まじい閃光と共に、大地を穿つ。

並みの魔物でも、一撃で葬り去るほどの威力。スライムである山田は無事では済まないだろう。

「山田ぁああ！」

俺の叫びに、

「し、師匠〜」

弱々しい山田の声が返ってきた。よかった。生きているようだ。

ギガサンダーの直撃地点。

そこには、山田を庇うようにして立つ桃井の姿があった。ブラックマジシャンは高い魔法防御(レジスト)を持っている。それでも、ギガサンダーの直撃を受けたのだ。結構なダメージがあっただろう。

「痛たた。何これ？　結構痛いじゃん」

桃井が悲痛な声を漏らす。

「馬鹿野郎！　死んでたかもしれないんだぞ！」

「あんたが言ったんじゃん。あたしなら魔法が防げるって」

そして桃井は、気を失って倒れこんだ。

その体を、天音が優しく受け止める。

「ほう、ボーパルバニーか？　実物は初めて見る。しかも上玉とくれば、殺すのは惜しい。どうだ？　私の部下にならないか？」

「えっとねえ。未来(みく)ちゃんのお家(うち)燃やしたのって、『アオイロモジャモジャ』で合ってる？」

「アオイロモジャモジャ？」

天音が新種の昆虫みたいな呼び方をしたので、デフリには自分のことだと分からなかったみたいだ。

「ちょっと、未来ちゃん。激おこプリンだから、本気でぶっ飛ばすね」

天音は気を失った桃井を山田に預けると、怒った顔でデフリを睨みつけた。天音にしては珍しい表情だった。

「構わんよ。言い忘れていたが、この私も物理攻撃無効のスキルを持っている。貴様の攻撃など――」

刹那、デフリの体が猛烈な勢いで回転した。グルグルと地面を削りながら、数匹の魔物を巻き込んで吹き飛ばされていく。

「…………」

誰もが言葉を失った。

あまりにも強烈であまりにも凄絶な一撃。

本気になったボーパルバニーの恐ろしさを、みな肌で感じてしまった。

「くくく、くはははははは！　効かぬ！　効かぬぞぉおおおお！」

しかし、攻撃を喰らった当の本人は、笑い声を出しながら、ゆっくりと立ち上がる。

その顔は、頬が物凄く腫れていて、口と鼻からは、ぼたぼたと血が流れていた。

「言ったはずだ。この私に物理攻撃は効かぬと！」

「いや、めっちゃ血出てるから！」

俺は思わずツッコんでしまった。どんな強がりなの？

「こ、これはアレだ。サービスだ！」

「なんの？」

デフリは答えることなく、つかつかと天音の元へ歩み寄る。

「まさか、さっきのが本気じゃないだろうな」

鼻血だらだらの説得力ない顔で、デフリが言った。

「本気だよ？　さっき言ったじゃん。アオイロモジャモジャは人の話聞いてないの？　それ、おバカって言うんだよ？」

キングオブおバカである天音には皮肉が通じない。

見事に滑ったうえに、小馬鹿にされたデフリは、再び怒りを爆発させた。

「ぶっ殺ぉおおおおおおおす！」

そしてデフリは天音に突っ込んでいき、壮絶なバトルがはじまった。

◆これが勝利の鍵だ！

「今のうちにスキル神を呼び出す。召喚アイテムをくれ」

山田たちを保護した俺は、再び冒険者たちの元へ戻ってから言った。

「でも、勝てそうじゃない？」

魔法使いがそう勘違いするのも仕方ない。天音はそれほど健闘していた。

だが俺は、天音とデフリの実力の差を知っている。

天音の攻撃は、物理攻撃無効の上からでもダメージを与えられたが、明らかにダメージは軽減されている。

また、超人的な身体能力と反応速度でデフリの攻撃に対応できている天音だったが、パリィができないことや知識不足から、デフリの多彩な魔法やスキルには対応できないだろう。

勝敗は、火を見るより明らかだった。

「天音は勝てない。ただ、しばらくは持つと思う。頼む！　急いでくれ！」

俺の剣幕に押されたのか、魔法使いは承諾してくれた。

「スキル神パイナよ。我が召喚に応じよ」

戦場を離れ、コロコロが芽吹きはじめた畑の近くで、魔法使いがスキル神を呼び出してくれた。

この場にいるのは、俺と魔法使いと乳ヶ崎の三人。

あまり大人数で動くと魔物に気づかれてしまうし、逆にひとりだと、儀式に集中するため魔物の接近に気づかない可能性がある。

見張りとしての乳ヶ崎、説明役としての魔法使いだ。

ほかの冒険者たちには、桃井たちと合流して、俺たちの不在を魔物に気づかせないようにお願いしたが、……残った連中がバカばっかかなので、かなり不安がある。

さっさと済ませるが吉だろう。

宝石のような召喚アイテムから、茜色の髪と白い翼をもつ女性のスキル神が現れた。けれども一般的な女神のイメージとは違い、胸はお淑やかだった。パイナって「パイ無し」の略じゃないよな？

「おめでとう、ラテ。レベルが上がります。あなたのレベルは37です。新しく覚えられるスキルと魔法はありません」

「あの、ちょっと待ってください。今回は私ではなく」

そこで魔法使いは、俺のことをスキル神に紹介してくれた。

「なるほど、そうですか。そちらのゴブリンが……」

そう言って俺を見るスキル神の視線は、どこか冷ややかに思えた。

「どうですか？　俺、スキルを獲得できますか？」

「いや、どうですかって、……ゴブリンだから無理じゃね？」

あっさりと否定されてしまった。

「ちょっと待ってください、パイナ。契約せずに確認することができるのですか？」

魔法使いが食い下がる。契約？　なんだ、それは？

「うん、だからね。契約できないから無理って言ってんの。あんた、女神舐めてない？」

なんだろ？　だんだんと口が悪くなっていくな、この女神。

「それは性的な意味ででしょうか？」

「うん。性的な意味で」

「いや、どんな意味だよ⁉」

どうして急に性的な意味になったの⁉

「神輿屋さん、性的というのはですね」

「いや、乳ヶ崎。説明はいい。間に合ってる」

「だいたい、少し考えれば分かるでしょ、ゴブリンなんて……」

そこでパイナは、ぴたりと言葉を止めた。

何事か思考するように、顎に拳を持ってくる。

「そうだ、いたわ。ゴブリンと契約してくれそうな奴が。ちょっと待ってて」

そう言ってパイナは姿を消した。けれども召喚石からは、プロジェクターのように光が漏れている。まだ、召喚が終わったわけではなさそうだ。

やがて、パイナが黒髪の幼女を連れて戻ってきた。背中に翼があることから、この幼女も女神なのだろう。

「ほら、契約者を紹介してあげるわ。あんた、ノルマがヤバかったでしょ？」

「は、はい。ありがとうございます。パイナさん」

そして幼女は魔法使いを見て、ペコリと頭を下げた。

「よろしくお願いします。私は、ロリィと言います」

この女神、ロリみたいだから、ロリィって名前じゃないだろうな？

「違うわよ。彼女は私の契約者。あんたのはあっち」

パイナが俺を指差してきた。ロリィは俺を見て、「ひぃ」と小さな悲鳴をあげる。

「ご、ゴブリンじゃないですか⁉」

「それがどうしたの？　なに？　この私がせっかく紹介してあげるってのに、何か文句があるの？」

「い、いえ。そんなわけじゃ」

なんとなく、このふたりの関係性が理解できた。ていうか、このパイナ。性格クソだな。

「契約者を見る目がなくて、しょっぼいレベルしか献上できていないあんたのために、わざわざ優秀な契約者を見つけてあげたのに、そんな態度をとるわけ？　へぇ～、そうなんだ～」

よく分からんが、こいつらの営業成績は、契約者のレベルをどれだけ上げられたかに依（よ）るみたいだな。

しかも、女神によって受け持つ契約者が違うと。そういや、エヴァミリオンでは、スキル神のビジュアルはひとつだったけど、各パーティに専属でついているって設定だったな。

「俺からも頼む。大切な仲間がピンチなんだ。救ってやりたい」

「ほら、どうするの？　ロリィ」

ロリィは怯（おび）えたように俺を見て、やがて意を決したように唇を結んだ。

「分かりました。では、私と契約を」

「助かる。ありがとな。で、契約はどうやるんだ？」

「はい。わ、私とベロチュウしてください」

「…………は？」

訊き間違えたか？　ベロチュウって聞こえたぞ？

「だ、だから、私と舌を入れて、大人のキスを……」

「はぁ？　なんで、そんなことを？　一応、俺は健全路線だぞ⁉」

俺はさすがに戸惑った。ここに来て、テコ入れみたいな路線変更を迫られても困る。

「契約には粘膜同士による接触が必要なのよ」

パイナがニヤニヤとした表情で言う。絶対にこいつ、楽しんでるな。

だからか。ゴブリンだという理由で渋っていたのは。

「は、はい。そうなんです。ど、どうしてもベロチュウが嫌なら、やめて頂いても結構です」

「残念だが、その選択肢はない」

俺は即答した。大事な仲間の命がかかっているのだ。ベロチュウごときで、その想(おも)いを曲げるわけにはいかない。

だけどな……。

俺はちらりと乳ヶ崎を見た。まるでこれからどんな卑猥(ひわい)なことが行われるのか、分かっていないような純真無垢(むく)な表情でこちらを見ていた。

すんげえ、気恥ずかしい。

俺はひとつ咳払(せきばら)いをしてから言った。

「乳ヶ崎、悪いが外の様子を見張っててくれ。儀式に集中したい」

「はい。わかりました」

根が素直な乳ヶ崎は、その意図を探ることなく出て行ってくれた。

内心で、ほっと息を吐く。

これでベロチュウに集中できる。

俺は意を決して再びロリィに向き直った。

「……」

「…………」

ふと、あることが気になった。

「ひとつ、質問いいか？」

「な、なんでしょう？」

「女性に年齢を訊くのは失礼かもしれないが、ぜひ教えてほしい。ロリィは今、何歳だ？」

「え？　歳ですか？　今年で、三十二歳です」

俺は、心の中でガッツポーズを決めた。見た目は明らかに幼女だが、三十二歳だ。つまりは大人。キスしても問題ない。

ビジュアル的には限りなくアレだが、法律的には何も問題ないはずだ。これで規制うんぬん言い出す奴がいたら、その思考こそが変態だろう。

「それじゃあ、よろしく頼む」

「はい。こちらこそ」

そしてロリィは両目を閉じた。

……あれ？　もしかして俺から行くパターン。

「何してんの？　早くしなさいよ」

俺の心の動揺など知る由もない魔法使いが急かしてくる。

パイナに至っては、ロリィに向かって「ゴブリンとベロチュウ」と小声で連呼し、精神攻撃を仕掛けていた。本当にこいつ、一発ぶん殴ってやりてえ。

こうしている間にも、天音がピンチに陥っているかもしれない。

俺は腹を括（くく）ると、目を閉じて恥ずかしそうにする幼女……もとい、御年三十二歳の女神と口づけを交わした。

もちろん、俺にとっては初めてのキスで、あれやこれや思うところや感じるところもあったが、描写が生々しくなるとアレなので、ここはあっさりと表現しておく。

めちゃくちゃ貪（むさぼ）った。

「こ、これで契約完了です」

ロリィが顔を真っ赤にしながら言った。

「いやぁ、なかなか情熱的な契約でしたね。ゴブリン相手に興奮しちゃった？」

パイナが下品な揶揄（やゆ）を入れる。

「そんなことより、俺のレベルは？　スキルは獲得できるのか？」

「あ、はい。鑑定します」

ロリィは両手を俺の前に広げて、ぶつぶつと呪文を唱えた。

「――え？」

次に驚愕（きょうがく）の表情を見せた。

「え？　え？　嘘？　なに、これ？」

「どうしたの？」

パイナが不安げに尋ねてくる。

「れ、レベルが凄まじいです。ど、どれだけ魔物を倒したんですか？」

そういや、結構倒していたな。ずっとこの森の魔物は狩っていたし、さっきの戦闘でも半分近い魔物を倒していた。

「あなたのレベルは、789です」

「な、700⁉」

パイナが顔の穴という穴から体液を噴き出す勢いで驚いた。

「あ、あと、スキルも物凄いです。習得に特定のアイテムが必要なレアスキルを除いて、かなりの上級スキルを習得できます！」

「……凄い」

魔法使いも目を丸くして驚いている。

「う、嘘よ。ロリィが……こんな成績を……」

膝から崩れるようにして、パイナが座り込む。700越えがどんな成績なのかは知らないが、おそらくパイナとロリィの順位は入れ替わったはずだ。

虐（いじ）めるつもりの相手に逆転されて、いい気味だと思う。

「俺が獲得できるスキルを見せてくれ」

俺は獲得できるだけのスキルを獲得し、再び戦場へと戻った。

◆そして決着へ

「くははははは！　どうやら、ここまでのようだな」

戦場ではデフリの勝ち誇った声が響いていた。

「天音！」

天音は疲れたように、巨大包丁で体を支え、荒い息をしていた。服がいくらか破けているが、目立った外傷はない。少しだけ、ほっとする。

対する仁王立ちのデフリは、

――めちゃくちゃボコボコにされていた。

「お前のほうが負けてるんかい⁉」

「ばっ！　ちがっ！　私に物理攻撃は効かぬ！　ダメージがあるように見えて実は無傷だ！」

デフリが必死に反論してくる。腫れあがった顔で、そこら中から血が出てるので、まったく説得力はなかった。

「交替だ、天音。後は俺に任せろ」

「……桃太郎くん」

「いや、誰だよ、それ！」

俺は天音を守るように、彼女とデフリの間に進み出る。乳ヶ崎と桃井が、心配そうに天音に駆け寄って、彼女を安全なところへと連れていく。

「そういえば、しばらく姿が見えなかったな。どこぞで回復でもしてきたか？」

デフリが不遜な笑みを浮かべて言った。

「ああ、ちょっくらレベルアップしてきた」

「レベルアップだと？　ははっ。魔物が何を言っている？　って、あれ？」

デフリが訝しげな表情を向けてきた。

「なんか、お前、強くなってない？」

「だから、レベルアップしてきたと言っただろ」

「……ちなみにレベルはどれくらいだ？」

「先にそっちが言ったら教えてやる」

「ふっ、生意気な奴だ。だが、知って後悔するがいい。私のレベルは３３３だ！」

デフリが勝ち誇ったように言い放つ。

「俺のレベルは７８９だ」

「ぶっ！　な、７００⁉」

デフリが青ざめた顔で――もともと青銅の肌をしていたが、俺を下から上まで、まじまじと見た。

「いや、じょ、冗談だろ？」

「じゃあ、試してみればいい」

俺は剣を横にして、半身に構えた。剣道でいう「霞（かすみ）の構え」だ。

「疾風迅雷（しっぷうじんらい）」

刹那、刀身が雷に覆われる。まるで電気でできたライトセーバーだ。その雷は剣だけでなく、俺の体にまで伸びてきた。無数の稲妻が俺の体に絡みついている。

「な、なんだ⁉　そのスキルは⁉」

あまりにも上級スキルだと、並みの魔物では見たことがないのだろう。仮にスキル持ちに出会ったとしても、見た瞬間、死ぬだろうし。

こいつのようにな。

「雷帝イクスティンクス！」

「ま、待て！」

デフリの制止の声を掻き消すような轟音が鳴り響き、閃光があたりを覆い尽くした。

すぐに光は消え去り、やがて煙が消え去った後には、かつてデフリだった黒焦げの物体が転がっていた。ほかの魔物と同様、その遺体はしばらくして霧散するように消えてしまった。

「で、デフリ様がやられたぞ！」

「うわあああああああああああ！」

事の成り行きを見守っていた魔物たちは、ボスを失い、一目散に逃げ出していった。

エピローグ

「ふぃ〜。いい湯だなぁ。ひと仕事した後の温泉は最高だぜ」

俺は裏庭にある温泉に入っていた。

戦闘の影響で周囲の囲いは大きく壊れ、その先には、燃えて無惨な姿を晒す我が家がある。

「未来ちゃんも疲れたよ〜」

天音が言葉どおり、疲れた口調で言った。本当にお疲れ様だと思う。彼女が時間を稼いでくれたおかげで、魔物を追い払うことができた。

「しかし、さすがは我が師匠。アフロとはいえ、この我を苦しめた相手を一撃とは」

山田が偉そうに言う。つーか、こいつ。今回は壁役にすらならなかったな。

「本当に凄いです。強いだけでなく、いろんなことができて。私たちがこうして異世界で楽しく暮らせるのも全部、神輿屋さんのおかげです」

乳ヶ崎が、うるっと来るようなことを言ってくれる。本当にこの子、天使じゃね？

「何言ってんのよ。こいつが不甲斐ないから、家を燃やされたんでしょ？　結構、気に入っていたのに」

逆に桃井は文句しか言わねえな。ブラックマジシャンなのに、いまだに魔法ひとつ使えないってどういうことよ？

「でも、みんなが……無事で、良かった……やん」

小日向が心底嬉しそうな声で言う。これには桃井も同じ気持ちだったらしく「まあね」と同意していた。

「それで？　これからどうするつもりなの？」

訊いてきたのは魔法使いだ。なぜか冒険者一行も、俺たちと一緒に温泉に入っていた。

そう、いま俺は、女の子たちと一緒に温泉に入っているのだ。

全裸ハーレムじゃねえかって？

違う。コアなゲーマーの俺は、そんな無駄にエロいシチュエーションには興味がない。

いや、興味がない、は言い過ぎだった。

ちょっとばかり興味はあるが、わざわざトラブルを起こしてまで、って感じだ。

なので俺は、目隠しをして腰に布を巻いて、温泉に入っていた。

彼女たちの声は聞こえるが、姿は見えない感じだ。やや熱めの温泉が、変な妄想をする余地さえも吹き飛ばしてくれる。

「幹部を倒したことだし、いっそのこと、魔物の城に住んでみたらどうだ？」

剣士が、なぜか興奮気味に言った。

「魔物の城か？　どんな感じなんだろ？」

「冒険者たちも行ったことないから分かんないや」

「石造りだったら、俺は嫌だな。やっぱ、日本人は木造かフローリングだ」

「温泉もあったほうが嬉しいです」

そうそう、乳ヶ崎の言うとおりだ。

「我は城への居住を希望する。我らが真なる魔王になるべきじゃ！」

「で、どうやって生活していくんだ？　城になんて住んだら、ますます誤解されるだろ？」

俺たちがこの世界で生きていくためには、この世界の人間たちの協力が必須だ。わざわざトラブルの種は蒔きたくない。

「みんなで、お家造りす……るのも、楽しい……かも」

「ＤＩＹってやつか。いいな。俺たちの家は、俺たちで造ろう」

「はぁ？　めちゃくちゃ大変じゃん！」

ほんと桃井は文句ばっかだな。美人なのに、損してるぞ。

「バカ、そこがいいんだろ？」

「バカって言ったわね！　バカって言うほうがバカなのよ！　このバカ！」

「あ〜！　ピンクが一番多くバカって言った。じゃあ、ピンクがバカの王様だね？」

「あ、あんたにだけは言われたくないわよ！」

声だけで、心外だと言わんばかりの桃井の顔が想像できた。キングオブおバカの天音に、「バカの王様」と言われたら、これほどの屈辱はないだろう。

「桃井さんは、学年で下からトップの成績ですから」

乳ヶ崎が悪意のない声で言う。ほんと、この子。怖いなぁ。

「のぼせてきたから上がるわ」

「あ、危ないですよ」

俺が立ち上がると、乳ヶ崎が近寄ってくる気配があった。

そのまま、俺の手を取ってくれる感触がある。

目隠しをしている俺を気遣ってくれたのだ。

「お、悪いな」

むにゅ。

そのときだ、俺の腕に何か、物凄（ものすご）くやわらかい物が当たる感触がした。

ぷにんぷにん、ぽよよん。

いや、腕だけじゃない。俺の左半身に、物凄くやわらかくて、とても甘くいい香りのする物体が寄り添っていた。

ま、まままさか、これは。

全裸の乳ヶ崎が、俺の体にべったり引っ付いているのか？

「気を付けてくださいね」

乳ヶ崎の呑気な声が聞こえる。どうやら本人は、意図していないようだ。

「あ、ウチも手伝う……よ」

小日向の声が聞こえて、次の瞬間、右半身に、もちもちぷるるん、といった感触が襲ってきた。

まさか、今の俺は、ゲーム部でも屈指の巨乳ふたりにサンドイッチにされている状態なのか？

くそっ！　目が見えない分、ダイレクトに感触が襲ってくる。

それに女の子独特の甘い香りまで。

くっ、駄目だ！　早くなんとかしないと⁉

「え？　あんた、まさか？」

引き攣ったような桃井の声。

「やっぱりゴブリンだな！　この性欲の塊め！」

「変態変態変態！」

「ぎゃあぁ！　妊娠させられる⁉」

俺の股間の異変に気づいた冒険者たちが騒ぎはじめる。

「あれ？　ピコタロウくん、なんか布に引っかかってるよ？」

不意にすぐ近くから、天音の声が聞こえた。

物凄く、嫌な予感がする。

「なんだろね？　これ？」

そして、俺の腰の布に、天音の手が触れる感触。

「ま、待て！　天音ッ‼」

「ほいっと！」

「いやぁあああああああああああああ！」

異世界に俺の絶叫が響き渡った。

俺たちの異世界での生活は、概(おおむ)ねこんな感じだ。バカやって、効率が悪くて、無駄だらけで。

それでも毎日が楽しい、ちょっとおバカなクラスメイトたちとのスローライフ。

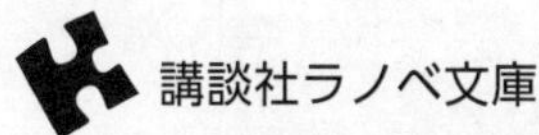

アイアム・ゴブリン
～おバカなクラスメイトたちと過(す)ごす異世界(いせかい)スローライフ～

赤月(あかつき)カケヤ

2024年1月31日第1刷発行

発行者	森田浩章
発行所	株式会社　講談社 〒112-8001 東京都文京区音羽2-12-21
電話	出版　(03)5395-3715 販売　(03)5395-3605 業務　(03)5395-3603
デザイン	タドコロユイ＋小久江厚（ムシカゴグラフィクス）
本文データ制作	講談社デジタル製作
印刷所	株式会社ＫＰＳプロダクツ
製本所	株式会社フォーネット社

KODANSHA

ISBN978-4-06-534525-2　N.D.C.913　314p　15㎝
定価はカバーに表示してあります

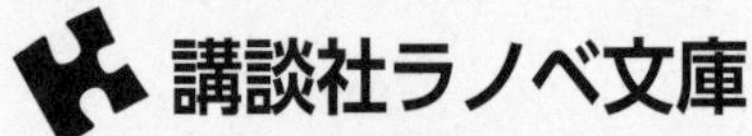

最強秘匿の英雄教師

著:左和ゆうすけ　イラスト:霜月えいと

何処かより現れ、人々に害をなす漆黒の悪魔─デモニア。
その悪魔の力を用いてデモニアと戦うのが、劔氣士と呼ばれる存在だ。
かつて最強の英雄として讃えられていた劔氣士ラッシュ・ブレードは、
敵に操られたことにより、突如人類を裏切り、多くの貴重な劔氣士を
葬って多大な被害をもたらした。人類最強の英雄にして、人間に仇なした
忌まわしき存在となってしまったラッシュ。そんな彼に唯一提示された、
罪を償う方法─それは、名前と姿を変え、学校の教師になることだった。
そしてラッシュは、命を賭して彼を救ったかつての恋人の妹ミユキとともに、
劔氣士養成学校に向かう。だが、そこで出会った生徒たちは、
みな一癖も二癖もある存在で…!?